나는 아직 내게 끌린다

高点，再高点

［韩］南仁淑 著
徐丽红 译

中信出版集团 · CHINACITICPRESS · 北京

图书在版编目（CIP）数据

高点，再高点／（韩）南仁淑著；徐丽红译．—北京：中信出版社，2015.11

ISBN 978-7-5086-5414-0

Ⅰ．①高…　Ⅱ．①南…　②徐…　Ⅲ．①故事-作品集-韩国-现代　Ⅳ．①I312.645

中国版本图书馆 CIP 数据核字（2015）第 192842 号

本书是获得韩国出版文化产业振兴院（KPIPA）“2015 年韩·中出版物制作支援”项目而制成的。

高点，再高点

著　　者：［韩］南仁淑
译　　者：徐丽红
策划推广：中信出版社（China CITIC Press）
出版发行：中信出版集团股份有限公司
　　　　（北京市朝阳区惠新东街甲 4 号富盛大厦 2 座　邮编　100029）
　　　　（CITIC Publishing Group）
承 印 者：中国电影出版社印刷厂

开　　本：880mm×1230mm　1/32
印　　张：7　　　　字　　数：107 千字
版　　次：2015 年 11 月第 1 版　　　　印　　次：2015 年 11 月第 1 次印刷
广告经营许可证：京朝工商广字第 8087 号
书　　号：ISBN 978-7-5086-5414-0/I·667
定　　价：36.00 元

服务热线：010-84849555　　服务传真：010-84849000
投稿邮箱：author@citicpub.com

我依然被自己吸引

作者的话

超过 30 岁，许多女人便会换下高得令人眩晕的高跟鞋，改穿便捷舒适的平底鞋。毕竟，要获得趾高气昂的曲线，必然先得付出身体疲劳的代价。随着年龄的增长，女人变得体力不支，也不再有那么强烈的扮美的欲望。

尽管如此，高跟鞋对女人来说，依然充满诱惑。一双高跟鞋精致玲珑的曲线，就像完美女人的身材，穿上它，立刻显得高挑挺拔，气场十足。尖尖的鞋跟，既富有女性柔美气息，又很有力度，令人不容小觑。在女人值得拥有的时尚单品中，高跟鞋绝对应该占据最重要的位置。

遗憾的是，许多 30 多岁的女人，尽管仍然留恋高跟鞋的美，但在生活中，她们都不约而同地放弃了它。原因林林总总，这是一件很微妙的事，经过多年的观察与接触，我从这些女人的经历中发现了一些共同的欲望与困惑，于是就想写一写她们的故事。

从现在开始，我就要说高跟鞋的故事了，高跟鞋的故事，归根结底，还是女人的故事，它为女性所独有，也一定和你息息相关。20 岁以后，无论你是否努力过，你不得不承认，几个重要的人生选择已经结束，女人已经走上了新的人生道路，正面临着新的苦恼。我要讲的正是这群女人的故事。

稍作剧透，我的故事里没有痛苦，我只想说那些美好的、美丽的情感。在我们的主人公——37 码高跟鞋的眼中，她只看得到女主人的美，无论什么样的女人，都是美的，都如花绽放，拥有灿烂的生命。

愿你随我一起，去体会这份高跟鞋带来的美好吧！

南仁淑

2015 年 6 月

只有根据自己的意志掌握自己的人生，
人才能感觉到自由。

与无法共享未来的人在一起，

这样的时间无比空虚。

无论怎样相加，总和也不可能成为正数。

人就是这样，
必须到远方傻乎乎地空忙一场，
才能发现身边的美好。

如果你的生活出现了问题，
你却不知道原因，那么请你问自己，
是不是缺少勇气。

世界上没有绝对的坏事，
正如世界上没有绝对的好事。

人生短短几十年，
最重要的是满足自己，而不是讨好他人。

目　录

LIZ

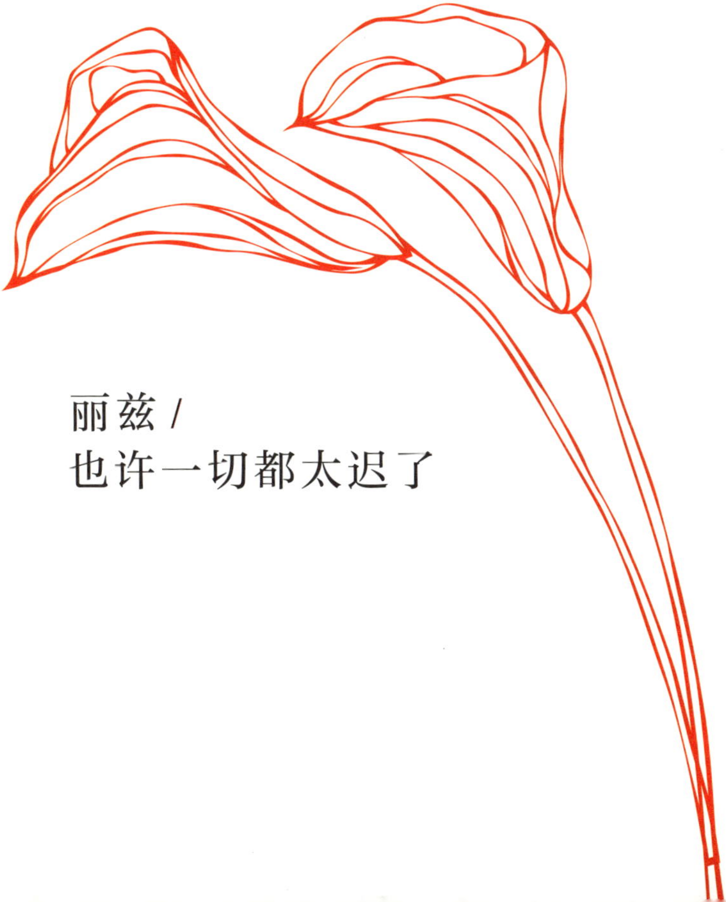

丽兹/
也许一切都太迟了

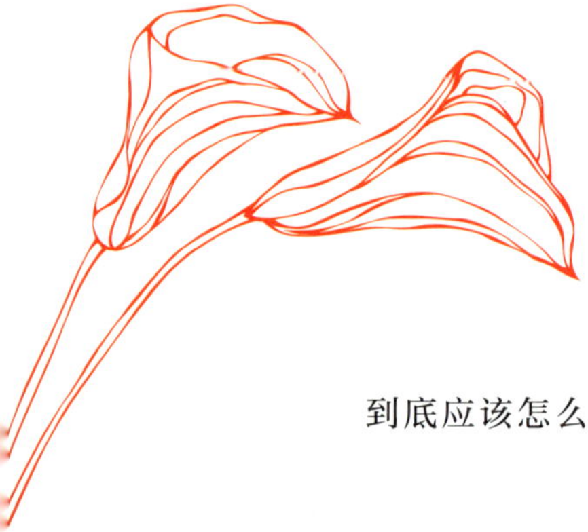

到底应该怎么生活？

我要怎么生活

才不会惹人讨厌？

坦率地说，我是那种很容易引起女人注意的类型。不过，和别的女人不同，她从来没有注意过我。她似乎习惯了疾走如飞，每天两次飞扬着弯曲的短发，风也似的掠过我面前。如果在某个地方待上几个月，自然会对经常出现的人感到面熟，而我之所以对她格外关注，是因为她对我的淡漠。不论是否喜欢，所有的女人都会看我一眼，她却长时间对我视而不见，我想知道她的漠不关心究竟有何深意。

忙碌的早晨，每个人都目视前方，步履匆匆。稍微宽松的下班时间，几乎所有人都会在我所在的潮品专卖店前驻足。还有几个人魂不守舍地盯着我，然后像被什么吸引似的走进店里。大部分是一个人，也有人带着恋人、丈夫。但是……

她们买走的通常不是我，而是其他皮鞋。

毫不夸张地说，我是这家潮品专卖店的“门面”。尽管这样形容自己有点儿不好意思，不过我的确是一双绝顶性感的皮鞋。金黄色的皮子沿着脚背向上围拢，修剪出几何学的波浪形状，华丽而有品位，平衡、灵动、如梦似幻的姿态，再加上好莱坞著名女星争相试穿的名气，哪个女人能不被我俘获芳心呢？可当她们真的走进店来，把我穿在脚上的时候，我那接近12厘米的高跟和不适合日常生活的华丽，最重要的是她们已经猜到却又远远超出预想的价格，常常让她们惊慌失措，立刻脱掉。这时，导购员会用老练的微笑安抚受惊的顾客，准备好各个方面都让人感觉“压力小点儿”的皮鞋。她们穿上比我便宜很多、却依然很贵的皮鞋，心满意足。因为我而进店的女人们常常以这种方式选择其他皮鞋，我就成了在店里停留时间最长的皮鞋。也就是说，我天生就没有必要让脚舒服，也无须标注让人从从容容打开钱包的价格。也许我本来就是不需要卖出去的皮鞋。

当然，我还是希望自己能阔步街头。从早到晚坐在橱窗里看大街，感受着来来往往的人们的活力，让我想逃离商店里面沉闷的空气，融入街头的生活。强烈的愿望困扰着我。而且女人们……也许是因为诞生于女人欲望的缘故吧，我从一开始就喜欢女人。我所在的商店里，整天用什么投影仪在白墙上播放经典电影。对老板来说，也许这只是装潢设计的一部分，然而对我来说，却是生活的乐趣。我每天都看好几次电影，每次都对女演员倾心不已。

我不仅喜欢电影里貌美如花的漂亮女人，橱窗内外，那些哭哭笑笑、说话呼吸的女人们，也有着各自的美丽，既羞涩，又傲慢，极富魅力。

我真的不想被这样顶礼膜拜，几年后在熔炉里迎来自己的结局。听那些看过外面的世界又回来的——也就是被退货的——皮鞋们说过一件怪事，几家非常重视声誉的公司对最后卖不出去的皮鞋采取的措施不是降价销售，而是销毁。说心里话，我有点儿恐惧。

我在华丽的灯光下危险而美丽地挺立了那么长时间，真正召唤我进入人类生活的不是别人，正是她。

那天晚上，她比平时稍早露面。以前，她从来没在商店关门之前出现过。好不容易早早结束工作，脸上应该焕发着生机才对啊，然而那天她却流露出从未有过的沮丧。不，仔细一看，她竟然泪眼婆娑。

她慢吞吞地走向地铁站，偶然间和我视线相遇。她缓缓地凑到橱窗前，死死地盯着我，仿佛要把我看穿。她在透明的玻璃窗外，向里张望，夜晚街头的灯光映照着她的脸庞。她的目光正好和马路对面购物中心的粉红色霓虹灯重合，闪烁着紫色的光芒。

“伊丽莎白·泰勒[①]……”

我情不自禁地冲着她自言自语。刹那间，身材娇小，满头乌黑卷发的她在我眼里变成了伊丽莎白·泰勒。有人说人类不可能有这种颜色的眼睛，有人说这是后来对照片做了修整。不管人们怎样说，伊丽莎白·泰勒的确是拥有神秘的紫色眼眸的演员，在我心目中也是这样。我决定用伊丽莎白·泰勒的爱称“丽兹”来称呼她。

我们仿佛一见钟情，互相对视良久。直到不速之客出现，对丽兹说：“哎哟，你还没走啊?”

一个女人停在橱窗外墙边，在我这个角度看不清楚。通过偶尔进入视野的手和肩膀猜测，这个女人的块头要比我的丽兹大很多。听见她的声音，刚刚还洋溢在丽兹脸上的光芒悄然散去。

“你说身体不舒服，早早下了班，难道不应该早点儿回家休息

① 伊丽莎白·泰勒：好莱坞著名演员。——编者注

吗？不会是因为我说了你几句工作上的事，你就装病逃出来吧？这可不是正确的职业态度……”

“不，怎么可能呢？打不着出租车。”

女人似乎不相信丽兹的话，反问道：“是吗？”她的身体好像猛然转到了我这边。

“……皮鞋？哎哟，李代理喜欢这种风格吗？这皮鞋怎么这么妖艳？不过话说回来了……凭李代理的性格，不可能真的买下这种鞋子。好好欣赏吧，明天见。”

自说自话完了，女人急匆匆地消失远去。独自留在后面的丽兹脸涨得通红。

“这个女魔头，胡说八道什么呀？”

愤愤的丽兹像脱轨列车似的使劲推开玻璃门，闯进商店，毫不犹豫地指着我喊道：“把那双皮鞋给我！”

尽管精明的店老板打了特别的折扣，然而我的标价还是让丽兹更抑郁了。她没把我穿在脚上，也没把我塞进鞋柜。我被摆放在她狭窄出租屋的书桌上，失去了皮鞋的功用，倒更像是装饰品。若有前来做客的朋友问起与房间格格不入的我，她常这样说：“我个子太矮了，穿不了那么高跟的鞋子。好像刻意让自己显高似的，反而更狼狈。等以后有合适的机会再穿吧。放在那儿，看着就很开心。”

听她这样说，我感到心疼。丽兹·泰勒也像她那样矮小。不，泰勒身高只有 154 厘米，比她还矮。不过，泰勒还是像女王似的穿高跟鞋，而且很协调。我这样说不是因为我想去看外面的世界，我只是希望我的丽兹自信地穿着我出门，把一切烦恼和沮丧踩在脚下，比如最近令她备受煎熬的“女魔头”。

丽兹从事的工作与互联网有关。她们公司规模不大，主要业务是建设和管理网上家园——总是提到家，感觉自己的确是在建设和房子差不多的东西——女魔头是委托她们开设网站的大公司的低层管理人员。丽兹在女魔头的公司工作了 6 个月，感觉本来就矮小的身体似乎越来越小。也许再过一年，她就彻底消失了。女魔头也不知道哪儿有问题，总是欺负认真工作的丽兹。工作到深夜还不够，晚上回家打开笔记本电脑的时候，女魔头也会打来电话。听着女魔头信口说出的那些话，我感觉自己的血液都在倒流。

当然，我并没有血液。

“我开会时不是这样说的。这么说有点儿抱歉，不过李代理，你的理解能力是不是有问题啊？”

“课长[①]，上次给您看的时候，您二话不说就批准了。我熬了几个通宵才做完的，现在您却这样说……”

“当时是批准了，可是其他需要注意的部分做得乱七八糟，难道每件事都要我详细说明吗？脑筋太不灵活了。总之，这种方案无法向上级报告，你重新做吧。”

丽兹挂断电话，揪着自己的头发，痛苦不堪。

“唉，这个疯狂的女魔头！我跟她汇报的时候，她漫不经心，压根儿就没好好听，只顾说自己的。上级有意见了，统统赖到我头上！还说没法和我交流。这个恶魔，总是在下班时间开会，让人回不了家！要不辞职算了？”

我心生歉疚，唯一能做的就是陪着她骂那个该死的女魔头。神啊，诅咒那个坏心眼的肥胖老处女吧！

这么说有点刻薄？反正我就是一双偏心眼儿的皮鞋。我愿意在某种程度上跟随主人的情绪戴上不同颜色的眼镜。同一个人，

① 课长，相当于小主管。——编者注

既可以说是“胖女人”，也可以说成“丰满而成熟的单身女性”。

接完女魔头的电话，丽兹的心情糟透了，直接关了电脑。怎么样都是挨骂，干脆随她去吧。

放弃工作后，她似乎想起了什么，打开下班时拿回来的快递盒子。脸上泛着红晕，她从盒子里拿出一条橙色的雪纺连衣裙。这条裙子很适合皮肤黝黑、五官宽大、身材矮小的她。穿上连衣裙，站在镜子前，她似乎对自己的打扮并不满意，撇着嘴，摇了摇头。突然，她把我拿了起来，蹲在墙角，哼哧哼哧地把我套在脚上。我的跟又高又细，带有剪裁精致的皮带，能够结结实实地固定脚背。否则传统的工匠们会抗议：“鞋跟这么高，根本没法穿。”他们之所以这样说，原因可以从医院急诊室里找到。因为，穿我脱我都需要很长时间。在随时需要穿鞋脱鞋的韩国，的确很不方便。

丽兹满头大汗地站在镜子前。我发现她的神情从惊讶转向满足。她看上去和刚才截然不同了。

——我，好像还挺漂亮。

通过和我接触的皮肤，传出了她内心深处的声音。

原本对高跟鞋有抵触情绪的她，似乎不知道鞋子会给整体造型带来怎样的变化。像我这样的皮鞋，会让人不由自主地挺胸收腹，从而造成某种错觉，使人体呈现出黄金比例，那会让包括人类在内的所有动物都感到美丽。除非患上关节炎或骨质疏松症，否则喜欢漂亮衣服的女人绝对不会放弃高跟鞋，原因正在于此。

她似乎迷上了镜子里的自己，不停地对着镜子变换姿势。也不知哪儿不对劲，她又哼哧哼哧地把我脱了下来，然后翻找梳妆台的抽屉，拿出了红色指甲油，开始涂脚指甲。她似乎也看出来了，单调的趾甲露在华丽的鞋尖之外，有多么不协调。

“到底有几年没涂指甲油了？”

指甲油放置久了，已经结块，很难涂抹均匀。她艰难地涂了又擦。我在旁边看着都感到不安。午夜已过，这个时间生气的女人，举动近似于犯病。她好像要故意证明这点，结果闯了祸。她忙着除掉斑斑驳驳的指甲油，头也不抬地把洗甲水放到梳妆台上。为了把右脚拇指涂成辣椒酱的颜色，丽兹耗尽了最后的精力。我静静地坐在梳妆台下面，正在这时，洗甲水瓶倒了，那烈性液体不偏不倚，恰好滴落在我的头上。

我失声尖叫，她却没有听到。一滴一滴，液体落在我的身体上，积在鞋垫前部，灼烧着我的皮肤。直到涂完一个拇指，她才抬起头来。当她看我的时候，也忍不住惊叫起来：“啊——我的皮鞋！我的皮鞋！哎哟，我真是疯了。”

她好像中了邪，抽出好多纸巾擦我，嘴里不停地说着“怎么办……怎么办啊……”同时拿出各种各样的东西，擦拭我的伤口。卸妆乳、防晒霜，甚至还用上了牛奶和烧酒。后来，她竟然大口吃起了香蕉，再用香蕉皮内侧擦拭我的身体。当然了，一切都是徒劳。我不是脏了，而是被烧伤。也许她已经知道了，只是无法接受。我右侧乳白色的鞋垫上留下了难看的褐色污迹，永远无法除掉。

丽兹呆呆地看着我，泪流满面。

那个周末，丽兹打开了珍藏的葡萄酒。听她说过，那是她被派到其他公司时收到的节日礼物，想要在特别的日子和特别的人共享。这个下雨的周六傍晚毫无特别之处，她却要独自享用了。

明察秋毫的我看出丽兹是为了参加婚礼才买的橙色连衣裙，也看出她穿这条连衣裙参加婚礼的时候，找到了买醉的理由。平时她进门就脱掉文胸，换上宽松的裤子，那天却没换掉外出服，直接坐到餐桌旁，喝起了葡萄酒，还放着嗓音凄凉的美国女歌手的歌。这个场景完全可以用作悲情女主角独自品味悲伤的电视剧场面，除了用米肠和鱼饼汤做下酒菜这点。

喝完大半瓶葡萄酒，她突然穿上我，站到镜子前。找出最显苗条的姿势和角度，照来照去。我能感觉到她希望自己显得漂亮的强烈愿望。为了助她一臂之力，我努力摆出挺直傲慢的姿态。谢天谢地，她对镜子里的自己还算满意。她穿着我，“扑通”坐在椅子上，自言自语似的冲着我唠叨：“对，31 岁的女人，现在还不算太老。即使没结婚，也不用站到老处女的行列。可是，当我不知道将来该怎样生活的时候，就觉得自己年纪很大了。最近我感觉自己好像有 100 岁了。”

她又喝了一口葡萄酒，往嘴里塞了一片米肠。

“哈，很好，葡萄酒和米肠、猪蹄果然是绝配。这叫什么来着……那个叫什么莫代尔的瘦女人说，她允许自己经常摄入的唯一食品就是葡萄酒，其实这样不行。空腹喝葡萄酒，会毁掉肠胃的。葡萄酒要搭配硬食才行……”

她毫无头绪地吟诵着葡萄酒哲学，渐渐地，开始吐露心事，仿佛说上一夜也说不完。

“每个女人都有生物学意义的全盛期，对我来说，这个全盛期应该是23岁。那时我还在读大学，我们系的男生不计其数，而我一次恋爱都没谈。那年，经常有男生追求我，我和其中几个短暂相处，最后不了了之，大概有三四次吧？后来我真的恋爱了。鬼迷心窍的人，看到的世界就是那样吗？24小时沉醉的人，看到的世界就是那样吗？睁开眼睛，感觉全世界都闪闪发光。每当和他在一起，过去和未来都失去了意义，只剩下此时此刻。可是，可是那个和我共有美好回忆的兔崽子，今天结婚了。”

我这才明白她为什么不合时宜地化了浓妆，为什么穿上华丽的衣服。

“我不能不去，再说我也有信心表现得若无其事……可是现在，我的心情怎么会这样？”

还能为什么呢？当然是因为你亲自确认那段绚烂的时光真的不会重来。

丽兹去相亲了。男人在不大不小的公司工作10年，个子不高，也不是很矮。如果仔细看，能看出他20岁出头的时候应该很帅，现在却有点儿将军肚。他最大的魅力是在首尔有一栋房子。我不知道有房子是多么美好的事情。不过从我出生的意大利佛罗伦萨工厂，到我名字的故乡——英国伦敦，再到美国纽约的展厅和最后逗留过的首尔潮流店，还有丽兹的一居室，每个地方的人都在为房价和房租担忧，看来有房子的确可以减轻人们的焦虑。

这个人既能减轻未来的忧虑，又不讨厌，出于这两个原因，丽兹决定继续和他交往。她对几乎每天通话的好朋友这样说道：

“如果有让我爱得死去活来的人出现，恐怕什么条件都不需要。金钱、能力、外貌……都不重要。可是现在，我没有得到令我死去活来的爱情。我太清楚对方的缺点会带给我怎样的煎熬，所以还没等爱上对方就先厌倦了。这个人最大的优点就是没有致命的弱点。他比我大7岁，这点我稍微有点儿不满意，总不可能样样都完美。反正我自己过的也不是很有意义的生活，还不如和可以依赖的人结婚，过平淡的生活。”

男人好像对丽兹很满意，每天都给她打电话，随时发短信问候，每个周末都和她约会。然而很奇怪，一段时间之后，丽兹身上仍然没有散发出恋爱女人特有的光芒。

我在商店里见过很多女人。即使没有男人陪伴，我也很容易辨认出恋爱中的女人。每当她们移动脚步，总会在意想不到的时刻散发出光芒，像喷过亮粉之后又镀膜的皮鞋。如果稍微敏感点儿，不管是谁，5分钟都能看出来。可是我的丽兹，不知道怎么回事，每次和那个男人约会回来，好像连原有的光芒都减弱了。除了为主人担心，我什么也做不了，只能侧耳倾听，最后我从她的牢骚中得到了线索。

“原来以为来往次数多了就会渐渐喜欢，可是我对他越来越看不顺眼。他嘴上轻而易举地说结婚，做出的举动却常常让我怀疑他不是真的喜欢我。不知道是他的问题，还是我年纪大了，变得吹毛求疵。”

她想知道男人是怎样的人，也想知道他对自己的心意。然而我真正想知道的并不是那个男人是不是好男人，而是她对自己的感觉。如果是从自己身上得到爱的女人，当然不需要那么长时间去判断男人的感情。她不爱自己，而是试图在对方的条件、感情和自己的感情之间计算和妥协。这种计算看似合理，实则扭曲。

我坚决反对。既然男人让拥有紫罗兰色神秘眼睛的丽兹日益失去光彩，那就不需要考虑太多。

我祈祷着她能听见我的声音，又大喊了几次。

“我投反对票！反对，一票！”

等到很晚，她还没回来，我不知不觉睡着了，一觉睡到凌晨。那天我非常准确地理解了“烂醉如泥”的含义。

丽兹是被朋友扶回家的。这样的情况以前也有过几次。朋友拖着瘫软的丽兹回家，似乎力气不够，刚进门就把她“扔”在地上，然后脱下鞋子，松了口气，像侦探剧里犯人转移尸体似的把她拖上床。朋友还没起身，丽兹却猛地站了起来，冲着床边的地板，吐出了当天晚上吃的东西。可怜的朋友破口大骂，骂着我从未听过的脏话，使劲拍打她的后背。

吐完之后，丽兹大概清醒了些，反复说对不起。“对不起，可是我真的不能不喝。不是因为离别的痛苦，只是……我羞死了……那个男人说我年纪大……他说他想来想去，为了后代着想，还是不能和超过30岁的女人结婚。我还在犹豫要不要选择那个又老又丑、又矮又胖的小心眼儿，结果却先被他甩了。我太没出息了……”

对朋友的歉意转瞬即逝，丽兹倾吐出比秽物更多的愤怒和痛苦，没头没尾，伴着无休止的眼泪。朋友劝她别说了，赶快睡觉。她的牢骚却更严重了。

我确信这对她来说是天大的幸运，不过也还是为她痛心。

我的丽兹看似永远无法从呼噜和呓语交织的凌乱睡梦中醒来了，然而第二天早晨，她一如既往地起床，准时上班去了。

丽兹比以前更加早出晚归。她的脸颊日渐消瘦，也不知道怎么回事，打扮也变得笨拙，眼神似乎更加空洞，不再像从前那样穿着我在镜子前欣赏自己了。直到身上蒙了厚厚的灰尘，我才知道她父母强迫再也不肯相亲的她回老家的事。她的父母在老家经营小饭馆，生意越来越惨淡，无力为她支付房租。她坚持要留在机会更多的首尔。恐怕她也不知道自己究竟想要什么机会。

“我要在这里工作满三年。只有这样，才能在简历上写下这段经历……然后呢，我也不知道。继续积累经验，努力升职？这个嘛……在职场里混得再好，未来的我也不过是‘女魔头’的样子……男人？事业？不管哪个方面，我都没有信心，即使竭尽全力，也不能保证避免狼狈。短期内就这样过吧，存点儿钱。不管多少，毕竟只有钱最靠得住。”

透过丽兹对朋友的牢骚，我读出了奇妙的情绪：既茫然，又坚定。

“咔嚓，咔嚓。”

周末的午后，我正在慵懒的阳光下打盹儿，却被突如其来的相机快门声吵醒。丽兹在给我拍照。从不同角度拍了多张照片之后，她径直坐到电脑前。我产生了不祥的预感，于是紧张地偷窥她的电脑屏幕。她在搜索栏键入了“出售名牌皮鞋”几个字。这回我真的开始不安了。

她浏览片刻，似乎找到了关心的东西，自言自语地说：“37 论坛……穿37码皮鞋的35岁女人的网上论坛？"

31岁的丽兹顺利加入，看来论坛审核成员并不苛刻。也难怪，那么多陌生人，怎么可能挨个确定年龄和脚的尺寸？不过，名字的确具有不可小觑的威力。我只是偷窥电脑屏幕，都能看出掌管这个空间的是30来岁的女人。她们都喜欢皮鞋，而且脚的尺寸处于平均水平。

网页上充满了会员当天穿的皮鞋照片和上传文字，还有皮鞋促销信息，以及朝思暮想的皮鞋照片和请求别人阻止自己冲动购买的文字。她们每天都活在对新皮鞋的向往中。她们的外号也许应该是下面这些：

"从此告别皮鞋"

"禁止购买皮鞋"

"我只有一双脚"

"十双足够"

……

"世界上什么奇怪的人都有啊。"

丽兹在论坛里浏览了一两个小时，自言自语地吐出这句话。明明有我这样体面的皮鞋，却从未穿着出门，她当然无法理解这个世界。不过，她似乎断定这里是最适合出售我这种奢侈皮鞋的市场。

她发出了题为“低价出售37码名牌皮鞋”的帖子，要价很低，还不到购买价格的一半。毕竟我鞋垫部位的污迹是不能忽视的瑕疵。帖子点击量迅速攀升，很多人接连留言。丽兹给最先写下“我要买”的快手回复：

——“仅皮鞋就有二百双”[①] 女士中奖！

我的丽兹精心做着送我离开的准备。她把我装进保存至今的鞋盒，又套上雪白洁净的布袋。她给我穿上和来时一模一样的衣服。这个过程中，她的脸上满是忧伤。

最后一刻，她又把刚刚像婴儿一样平放在盒子里的我重新拿出来，套在脚上。

——要不算了，不卖了？跟“仅皮鞋就有二百双”女士说声

① 此处“仅皮鞋就有二百双”与下文“玛丽莲·梦露”、“又是皮鞋”、“性感女人”、“奥兹的红宝石鞋”均是她们在37论坛注册的用户名。——编者注

抱歉，取消交易？可是，这个月的房租怎么办？

她的心事通过皮肤传递给我，像电流。

我已经知道她不想把我送走了。我是她在必需品之外，仅凭欲望买下的第一双皮鞋。强烈地渴望某件东西，她恐怕永远不会忘记那种感觉。

——不行，反正这双鞋对我来说是奢侈之物。

她叹了口气，不得不把我脱下来，重新包装。进入布袋之前，我看见了她泪水涟涟的大眼睛。

“到底应该怎么生活？我要怎么生活才不会惹人讨厌？”

这只是感叹，却让我产生了莫名的责任感。如果我知道答案，怎能不告诉她？也许，也许再也见不到她了。不过，关于她应该怎样生活的问题，我预感到这会成为我余生的课题。

就这样，我永远走出了她的人生，走出了我的丽兹的人生。

VIVIAN

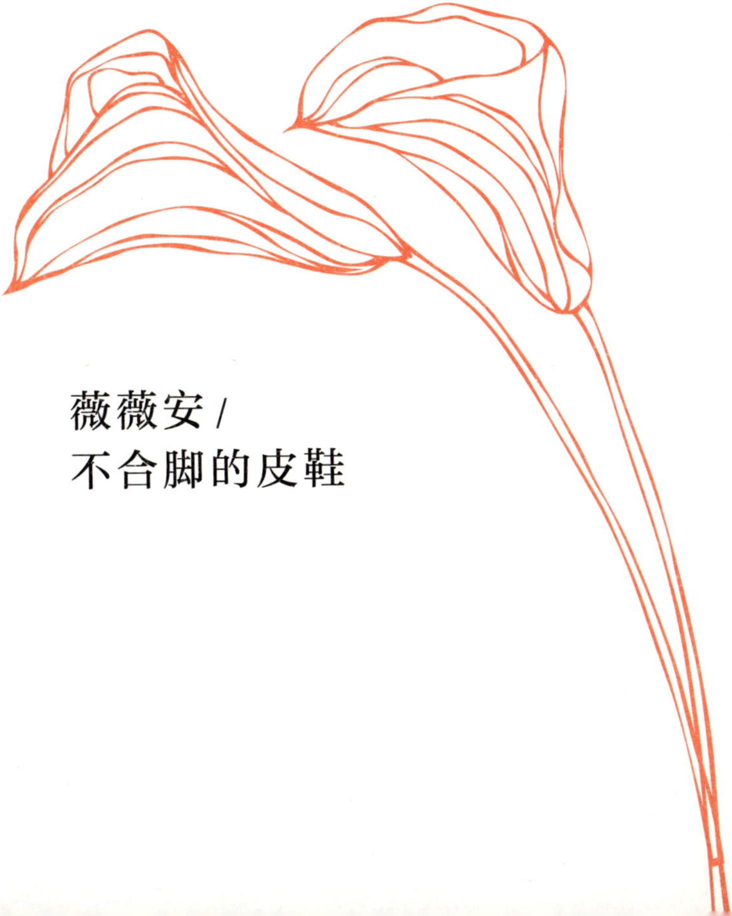

薇薇安 /

不合脚的皮鞋

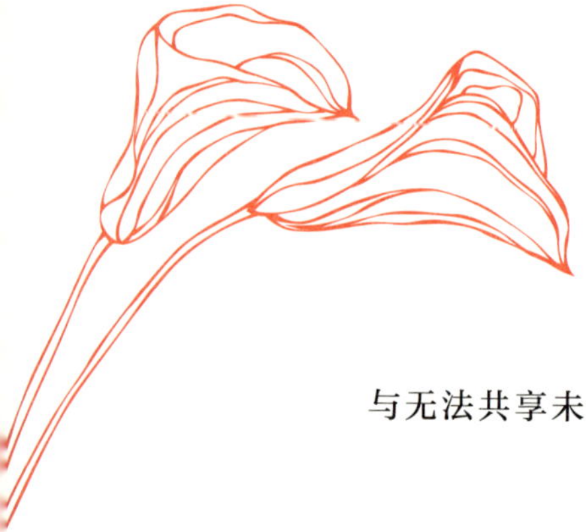

与无法共享未来的人在一起，

这样的时间无比空虚。

无论怎样相加，

总和也不可能成为正数。

刚从快递盒里出来的时候，我以为自己又被卖到了某家鞋店。摆满皮鞋的隔板占据了房间的三面墙壁。我的新主人，“仅皮鞋就有二百双”果然名不虚传，真的拥有200双皮鞋！

通过皮鞋们的窃窃私语，我知道新主人在综合医院当护士。她是皮鞋狂，几乎每天都要买新的皮鞋。房间里有好几双比我身价更高的皮鞋，也有出生于国外，混过地摊又被卖到这里的朴素鞋子。当中不乏每周外出两三次的皮鞋，也有三年没踩地面的皮鞋。甚至还有不少皮鞋连价格标签都没摘掉，已经在那个房间里生活一年多了。离开丽兹固然让我悲伤，不过我还是怀着出去见见世面的憧憬，来到新主人的家。现在，我无比沮丧。我与人们挂在嘴边的实用性毫无关系，在200双鞋中间被选中的概率又有多少呢？

第二天早晨，主人来选择上班穿的皮鞋。我怀着单纯的好奇观察她。她是个身高中等、体型正常、双腿光滑漂亮的姑娘。她毫不犹豫地抓起我的时候，我的惊慌远远超出了喜悦。尽管相对高跟来说我还算舒服，却也从没想过每天清早就出去照顾患者的护士会穿着我上班。也许她不像丽兹那样，觉得我太扎眼。“因为有瑕疵而低价买来的皮鞋”，带着这样的标签，我进入想要的生活。

世界上没有绝对的坏事，正如世界上没有绝对的好事。

我决定称呼主人为“薇薇安”。端庄的盘发、对待患者和同事明朗而严谨的表情，她在我眼里分明就是《乱世佳人》里的费雯丽。

薇薇安和传奇演员相似的不仅仅是外貌。费雯丽不仅漂亮，而且勤奋，为了提高演技而努力达到极限。薇薇安也很聪明，而且工作努力，从内到外都酷似费雯丽。

当然，我没有机会看到她努力工作的样子。我只是在更衣室的储物柜里听其他护士聊天的时候这样猜测。她的护士同事们说，她肯定会成为护士长。我不知道什么是护士长，那应该是护士在医院工作很久也未必能达到的位置。据说要有硕士、博士学位，还要会说外语。当然，仅凭这些还是不够。

从原则上说，薇薇安不可能成为我的新伙伴。她的脚是36码，比看上去的要小。然而她并不介意尺寸不合适，仍然占有着我，穿着我也没有感觉丝毫不便。

凭借我长期在街边橱窗观察数千名女人的经验，穿着高跟鞋依然走路很稳的女人非常罕见。很多女人受不了高鞋跟，只能卑躬屈膝，踉踉跄跄地迈着小碎步。那些既不让自己的脚忍受痛苦，又能优雅行走的少数女人，即使穿着高跟鞋，看起来也像穿运动鞋似的游刃有余。薇薇安就是这样的女人。

护士这个职业不仅几乎从早到晚站着工作，还要行动敏捷。刚到医院，她就换上了老年人喜欢穿的平底鞋。只有短暂的上下班时间，她才能享受漂亮的皮鞋。或许正因为这样，她才迷恋高跟鞋。她总是紧紧地盘起满头秀发，穿上朴实无华的衣服，然而穿鞋却奢侈而大胆。至少在穿鞋方面，她有着拒绝妖艳、又让皮鞋自然融入自身气质的力量。我很合她的心意，经常出去见世面，这对我来说是无上的荣耀。

周末，薇薇安经常看书，或者和男友一起度过。男人的眼神和酒窝让他的笑容显得和善。他经常逗薇薇安笑。也许是律师职业更能突出男人优点的缘故，人们对她羡慕不已，都说精明能干的她遇到了好男人。

薇薇安拥有一切，甚至有我的丽兹最需要却无法拥有的“房子”！虽说只是首尔郊区的小公寓，毕竟拥有属于自己的房子，不必担忧房租。在我看来，她很了不起。

或许，我的丽兹也应该过这样的生活。或许，薇薇安身上藏着应该怎样生活的答案。那是我的丽兹寻找的答案，我似乎发现了蛛丝马迹。

“若想寻找人生价值，首先要把工作做到最好，而且这份工作可以带给你富裕的生活。”

丽兹辛苦工作，却穷得交不起房租，不得不卖掉了珍爱的皮鞋。丽兹的工作不会让她对未来充满期待，只是一天天卖掉自己的时间，换取金钱。丽兹应该像薇薇安那样找到擅长的工作，获得足够的报酬。她还需要为此付出努力。

大医院的护士肯定很辛苦。新晋护士要昼夜轮班，守护病房，从事的是性命攸关的工作。她们要在紧张中接受严酷的训练，迅速适应工作。薇薇安应该经历了这些过程。工作让她拥有安稳和富裕的生活，也让35岁的她能够享受收集皮鞋的快乐，同时拥有了需要的一切。我把这个假设深深地刻在心里。

薇薇安有个妹妹，每次来她这里，都要带走一双鞋。妹妹比她小3岁，看上去却像比她大3岁。每次进门都是一手拿着装小菜的盒子，一手拉着小女儿的手。

“姐姐，你真的不打算结婚吗？”

那天也一样。妹妹把带来的食物倒入薇薇安的盘子，说着以前说过以后还会再说的话。

“当然要结了……小菜很好吃，我会好好享用的。”

她的回答也一如既往。

“姐姐，我在网上看到一篇报道，说女人36岁，男人40岁还不结婚的话，很可能就一辈子单身了。”

“哎哟！没几年了。我的外甥女啊，如果姨妈成为独居老人，养老就靠你了。”

大人聊天的时候，9岁的外甥女在看皮鞋。薇薇安对外甥女要起了贫嘴。突然，妹妹严肃地问道：“姐姐，我问你件事。你是想结婚找不到合适的人，还是压根儿不想结婚，只是因为怕别人议论而装出想结婚的样子？”

噢，这个问题挺新鲜。

“如果姐姐讨厌结婚，我也不会劝你。不过，我想知道你和正在交往的哥哥是什么关系。姐姐什么事都能处理得很好，如果需要有人在旁边劝阻或者推波助澜的话，那个人恐怕就是我了。”

薇薇安放下咖啡，不置可否，只是把散发着浓香的咖啡杯推到妹妹面前，说道："既不需要劝阻，也不需要推波助澜。我只想顺其自然，该结婚的时候我会结婚。如果我觉得没必要，也可能不结婚。"

这话听起来很精彩。如果我的丽兹能说出这样的话，那该有多好啊。我暗自感叹。

不知为什么，接过咖啡杯的妹妹却神情黯淡。

"哈哈哈哈哈哈……"

周末下午，一直在睡觉的我被薇薇安的狂笑声惊醒。

"喂！怎么搞的，你的啤酒都撒到我衣服上了！"

"对不起，对不起。你也真是的，人家在吃饭，你为什么要逗我笑啊？双方都有责任！"

她急忙用毛巾擦拭男人的衣服，还是忍不住哈哈大笑。

"哎哟？你想跟律师讨论法律问题吗？双方责任又怎么样？要不要好好讨论一下？"

“好了，好了，吃你的东西吧。”

薇薇安眼疾手快，把一只炸鸡腿塞进男人口中。男人半推半就，终于安静下来。两人看着客厅里的电视，谈笑风生地享用着炸鸡和啤酒。

她和男人都爱笑，这点上很合得来。他们真心觉得对方说的话有趣，我在旁边看他们的反应，也感觉他们的话似乎真的很有意思。我很少看到别人大笑，每次男人来她家，我就仔细倾听房间外面的声音。幸好薇薇安每天都会打开更衣室的门，给她珍爱的皮鞋通风。这让我得以尽情观察他们的一举一动。

周末下午，看到他们在舒适的家里吃东西、说笑休息的样子，我很想知道结婚对人们有着怎样的意义。不管结不结婚，可以这样开怀欢笑，不是已经很好了吗？

“身边有个可以一起开怀大笑的人。”

我又记下了一句想告诉我的丽兹的话。

傍晚，薇薇安开始收拾花蟹。

“我给你煮你喜欢的花蟹汤。我去批发市场买了新鲜的花蟹。收拾完做成汤需要点儿时间，你做米饭吧。”

“好，可是米饭怎么做啊？”

听男人这么说，薇薇安停下手里的刀，仿佛时间停止了。

“……你，长这么大从来没煮过饭吗？”

她轻轻叹息，详细讲解着煮饭的方法，好像在教小学生。

“很容易，先淘米。现在的米都很干净，洗三次就行了。然后把米放进电饭锅的内锅，加水。手放进去，水漫过手背即可。再放进内锅，盖上盖子，按‘煮饭’键，就完成了！”

她的解释很详细，我听了都能马上做出饭来。她做花蟹汤的时候，男人开始揉搓大米。这对他来说好像没有那么简单。往米里加水，准确地用手搅拌三次，换一次水，然后就放进饭锅了。薇薇安说的“洗三次”被曲解了。他还把“水漫过手背”理解为“手背完全浸入水中”。薇薇安没看见这个过程。她尝了口煮熟的饭，摇了摇头。

“……米放得太久了吗？饭怎么有异味？有点儿硬，不过还不错，你辛苦了。”

从这个时候开始，我已经看出来了，努力学习通过高难度考试成为律师的男人，除了学习，其他所有的方面都很无能。

有一天，我偷听到了男人和他母亲的通话。我要解释一下，那天他为了回避薇薇安而走进更衣室，当着我的面接起了电话。

“我知道了。如果这次我也不满意，您不会再让我去相亲了吧？妈妈，您为什么那么讨厌秀妍？以前不是很喜欢她吗？妈妈骨折做手术的时候，每次看到担任主管护士的她，您是多么喜欢啊！还说这样的姑娘做儿媳妇该有多好……您说可惜了我？我没那么了不起。她的工资比我高……您别生气，我知道了。”

无人防备的皮鞋意外地知道了很多事情。

他不像别人想的那样优秀，算不上完美的男朋友。他也有很多缺点。他只是个实力一般的律师，不够法官和检察官的资格，甚至没能进入高手云集的律师事务所，最后勉强在一家很小的公司做法律顾问，与人们的幻想和期待相去甚远，只是个普普通通的工薪族。他的家人却不理解这个事实，当然他们也不想理解。在我看来，这个男人连穿哪双袜子的决定权都没有。

有一次，他和薇薇安在一起的时候，看见了电视上的平板电脑广告。看着深深陶醉于广告商品的男人，薇薇安说：“那么喜欢就换个新款吧，现在用的已经快坏了。”

“下次吧。上个月我父亲做关节手术，现在没有闲钱。”

“你哥哥和弟弟连一分钱医药费也没出吗？你们家的生活费几

乎都由你负担。”

“他们……情况都不大好。碰上这种事，只能是谁有能力谁负责。”男人看着电视，不假思索地说道。

薇薇安的脸上却掠过异样的神色，我注意到了。我似乎猜到她为什么在洗碗的时候突然停下来陷入沉思，为什么深夜无眠呆坐在黑暗中了。

结束工作，换上便装的时候，薇薇安总是把头发解开，再松散地扎起来。穿护士服的时候头发扎得太紧，很不舒服。穿我上班那天，结束了一天的工作，她正和同事们闲聊着走出医院。同样走在下班路上的护士长和她们打招呼，看到薇薇安的长发，停下脚步说：“李老师，嗯……没想到你头发这么长。”

护士长轻描淡写地说完就走了。留在后面的护士们却丈二和尚摸不着头脑。

“这是让我们剪头发的意思吗？”

“从态度来看是这样。为什么对别人的头发说三道四？又不影响工作。”

“你们没看过人事评价表吗？那里有一项是‘保持护士的端庄容貌’。自己不喜欢的容貌大概就是不端庄吧。李老师头发的确太长了，我说句不该说的话，趁这个机会剪短算了。”

“不，不要剪短，又不违反医院规定，为什么非要剪头发？李老师垂到腰间的长发多有魅力啊。”

护士们七嘴八舌地说着，当事人薇薇安反而沉默不语。

“朴老师已经结婚，听说等孩子幼儿园毕业就辞职？李老师还要一直做下去呢，惹上司讨厌对你有什么好处？”和薇薇安年龄相仿的前辈护士最后说道。

谁都无话可说了，这个话题到此为止。

快要到家的时候，我看出薇薇安的脚步在同一个地方打转。那是美发院门口。犹豫良久，她终于下定决心似的推门进去。

“我要剪头发，刚过肩就行。”

美发师做着理发准备，帮她披上围布。那是一块很大的普通布料，防止剪掉的头发粘上顾客的衣服和身体。然而就在美发师披上围布，加以固定的瞬间，薇薇安突然全身紧张，脉搏跳动加快，两脚冰冷，不停地冒冷汗。手应该也是这样。呼吸似乎也变得困难了，她的手放在胸前，“呼哧呼哧”地喘起了粗气。美发师给她梳头，打量着她的头发。透过镜子看到她的脸，理发师大吃一惊。

“小姐你没事吧？你看你流了这么多汗！脸色苍白，一点儿血色也没有！”

薇薇安猛地站起来，摘掉围布，逃也似的离开了美发院。

“对不起，我下次再来。”

她去附近的便利店买了水，然后从包里翻出写有“应急”字样的药袋，拿出两粒药，和水一起吞服下去。吃完药，她感觉自己平静下来。平时很少自言自语的她翕动着恢复血色的嘴唇，小声嘀咕：“我还以为现在没事了呢……”

那天我胆战心惊，也是因为她早就知道的疾病。我听医生说是“惊恐症”。大脑引起某种错觉，没来由地感觉到类似遇见狮子和熊的恐惧。有人不能乘坐地铁或飞机，有人不能进入电梯之类的封闭空间。薇薇安说她在病友会上见过不敢看天空和大海的人。看到天空或大海，立刻就会产生进入其中的恐惧感，导致病情发作。

看来人最脆弱。

薇薇安大约有三年病史了。我真傻，还以为她每天早晨吃的药是维生素。经过治疗，她已经有了明显好转，现在只剩一种症状，那就是不能去美发院。去美发院理发，当然要端坐不动了。不知为什么，她的潜意识却把这种状况理解为枪杀前的捆绑，于是大脑发出命令，身体做出反应。

我努力理解一切，还是不得不问："究竟是为什么？"

她本人、她的医生、医生的老师达成茫然的共识，猜测病因是"压力"。后来我才知道，这句话意味着他们对病情的无知。

"姐姐，要不要去相亲？"

我怀疑自己的耳朵。相亲不就是去见别人介绍的异性吗？难道还有别的意思？薇薇安和男友交往已久，而妹妹又要给她介绍别的男人。这两件事怎能联系起来呢？

薇薇安的回答比妹妹的提议更奇怪。

"当然了。是个什么样的人？"

那个周末的傍晚，薇薇安精心打扮，换上华丽的衣服，穿上鞋跟比我矮、更显端庄的皮鞋出门了。我焦急地等待她的归来。这次见面之后，她是和表面看来相安无事的男友分手，还是继续跟他在一起，我不得而知。好奇心让我备受煎熬。我等待了一天，却一无所获。同样好奇的妹妹及时打电话询问，她的回答无聊至极。

“不怎么样，他不知道卡夫卡。”

卡夫卡？这是她喜欢的咖啡品牌吗？究竟是什么东西，让她果断回绝了自己精心打扮两个小时才去赴约的男人？

“如果没读过卡夫卡，那还有情可原。怎么能不知道卡夫卡是作家名字呢？我感觉自己是在对牛弹琴。不管年薪多高，我都不愿和这样的人在一起。”

我终于知道薇薇安为什么和窝囊律师在一起了。因为他可以和她聊卡夫卡，或者相似的内容。女人大多不愿离开这样的男人。

有一次，男人问薇薇安：“你怎么看待婚姻？你想结婚吗？”

我不理解的是，提到结婚话题的时候，男人为什么要略去“和我”两个字。

“结婚？当然好了，不过不结婚也没关系。如果婚后的生活质量会比现在糟糕，那还是不结为好。”

听到这样的回答，男人似乎稍微安心了。关于婚姻的对话没有继续深入，每次都是说到这里，又回到浅处，就像戏水的时候只让水没过膝盖。这就是他们共处的方式。

妹妹一进门，姐妹俩就开始争吵。

“你疯了吧？怎么能让妈妈接这种电话？”

妹妹从来没有像这样指责姐姐，她这样做自有原因。男人的母亲给薇薇安的母亲打电话，让两个人分手。更严重的是这不是请求，而是威胁。男人的母亲确信“小护士”影响了堂堂正正通过司法考试的儿子的前程。男人和富人家的女儿相亲也不满意，男人的母亲认为这都是因为薇薇安像蚂蟥似的纠缠她儿子。她还补充说，男人是家里的顶梁柱，全家人的前途都被薇薇安毁了。

“你到底有没有想过和那个哥哥结婚，怎么会惹出这么大的麻烦？”

“结不结婚是我的问题，你激动什么？”

“姐姐，你已经伤害到别的家庭成员了！妈妈现在不吃不喝，整天卧床不起。姐姐学习好，聪明伶俐，妈妈对你期望很高，你知道吧？这种事给父母带来多少伤害，你知道吗？”

“知道了，我和他分手，分手！”

直到这时，她们不安的声音才渐渐趋于平静。

“……你就那么喜欢那个哥哥吗？爱得死去活来，对吗？所以你才无法放手？”

听到“爱”这个字，薇薇安“扑哧”笑了。笑容和苍白的脸色很不协调。

“我和他都知道，如果我们结婚，婚姻就会成为地狱。我从来没想过要走进那个地狱。只是觉得在一起很好。这样的感情还不能称之为爱。现在连这样的感情也要结束了。”

“如果那个哥哥向你求婚，怎么办？”

“不会的。他知道自己不能跟任何人结婚。最重要的是，他身无分文，无法结婚。”

“如果他真的向你求婚呢？”

妹妹意外地刨根问底，薇薇安不冷不热地回答：“他不想结婚。”

我和她的妹妹都知道，她最终也没说出“拒绝”二字。

发生这件事之后很长时间，薇薇安都没有再见那个男人。电话铃响，薇薇安也不接。门铃响了，或者那个男人在外面呼唤她的名字，她也不应答。

一个月后，那个男人又开始出入她的家门。对此，她做了这样的解释："随时都可以分手……现在只是'临时'而已。"

笑容重新回到薇薇安的脸颊。我知道她为什么还是接受了那个男人。不见面那段日子，她没去美味的餐厅，没有开车去郊外游玩，也没去电影院看别人都看的电影。当她想和某人在一起的时候，曾经以她为重、理所当然陪在她身边的人不在了。现在对她来说，和某人在一起不再是休息和游戏，而是成为另外的工作。她向来独立，有着很强的自我意识，一个人也能过得很好。谁知没过多久，她就无法忍受男人缺席带来的凄凉了。她不是不努力。好像一直都有和别人介绍的其他男人见面，只是很难遇到令她身心愉快的人，所以她依然孤独。从前的时光固然缺少很多重要内容，却也熟悉而安稳。现在，她累了，开始怀念从前的时光。当男人势不可当地夺门而入的时候，她没有拒绝。

在我看来，她太累了，没有能力主动推开眼前的舒适。

那段时间，她站在重要的选择岔路口。当然了，好像只有她自己认为那是“岔路”。

“财团送你留学？你应该马上说谢谢，然后收拾行李。这个问题还需要考虑吗？”妹妹用拳头使劲敲打桌子，激动地说。

“所有人都这么认为。可是当护士……真的很辛苦。也许所有护士的梦想都是尽快积累经验，摆脱临床护理工作。我的小小失误也许会决定某个人的生命，在这样的地方工作，只能始终保持超紧张状态。离开医院，也可以从事研究，还有很多像健康中心、保健教师之类的轻松工作。我的惊恐症就从那次差点儿发生的医疗事故开始。”

“是吗？我记得不是这样啊？好像是从那个人，不，那个哥哥差点儿和富家女结婚开始吧？”

我就知道是这样。薇薇安聪慧而美丽，仅有的几个瑕疵都是那个男人的过错。心直口快的妹妹、无辜的父母、几个朋友，还有善意的皮鞋都知道，而且都为之痛苦，只有她自己恍然不知。

“……不管怎样，医院要盖新楼，将来要把重心放在医疗中心那边，所以要培养专业护士人才，让我出国留学，取得专业护士资格证。如果能在海外学术大会上取得成绩，那就等于敞开了通往护士长的大门。”

“太酷了！这说明医院认可姐姐的能力，愿意推动姐姐进步，不是吗？如果在大医院做护士长，那就等于拥有了各种权力和福利，你以前工作那么努力，难道不想在这个领域走到最远吗？更舒服的工作，还是等年纪大了再做吧。如果我是你，我这就去挑选好用的旅行箱，四轮的。

“我还不了解姐姐吗？嘴上说工作辛苦，风险大，心里却感觉很有意义，也很快乐。姐姐从小就喜欢领导别人，有领导天分，姐姐现在考虑的不是合不合适，而是不知道和那个哥哥会怎么样，所以才无法离开吧？”

“哎呀，我都说不是了！”

薇薇安似乎懒得再解释什么，猛地站起身来。但是被她视为理所当然的理由，连我也无法信服。

薇薇安无视背后妹妹射向自己的视线，径直走进更衣室。她有个习惯，只要感觉有压力，就去摆弄和整理皮鞋。这样才能腾出空间买新皮鞋。薇薇安为妹妹挑选皮鞋的时候，妹妹在各个隔板之间看来看去，终于发现了我。我从她的眼神中感觉到了熟悉的光芒。

“姐姐，这双皮鞋也是 37 的，比你脚的尺码大，又是冲动购物吧？这个可不可以……”

“不行！！！”

没等妹妹说完，薇薇安就大叫着打断了妹妹的话。妹妹摸都没摸到我，就被薇薇安推着转过身去。

那天从早晨开始就不同于往常。周六睡懒觉、中午之前不吃饭的薇薇安却早早起床洗澡，精心化妆。平时即使有约会，她也要在约定时间快到的时候才火烧眉毛般地起床，急匆匆地洗漱化妆。她打开音乐，慢慢化妆，挑选衣服和皮鞋。偶尔停下来陷入沉思。每当这时，镜子里都会映出与当天的从容格格不入的焦躁表情。她挑选我作为当天要穿的皮鞋。我想，我终于可以亲眼见证整整一天充斥房间的兴奋和混乱的源头了。

薇薇安提前40分钟到达约定场所。正要上楼去约定的法式西餐厅，不知又想到了什么，她在电梯前转身，走进旁边建筑物里的咖啡店，坐下来，隔着玻璃窗呆呆地注视着行人。这时，她接到了妹妹的电话。妹妹说要带着小菜去她家。她让妹妹不要过来，同时向妹妹传达了惊人的消息："今天可能有人要向我求婚。"

如果我可以和她对话，我会做出怎样的反应呢？也许和电话那头的妹妹一样，惊得说不出话来吧。

"昨天他从国外出差回来，在那边的免税店里给我发短信，问我以前喜欢过的戒指是什么品牌。我问他为什么问这个，他说有事。今天他说很久没出去吃饭了，要请我吃美食，预订了这个高级餐厅。他的意思很明白了，不是吗？你问我打算怎么办？我不知道。也许会说，我要考虑一下。我已经做好思想准备，一旦发生这种事，就毫不犹豫地拒绝。可是现在事情真的要发生了，我却不知道自己的心思。"

通话结束，距离约定时间越来越近，我感觉到了她的焦急。靠在我身上的脚冷冰冰的。她什么也不做，只是盯着手表，准确地赶在迟到 5 分钟的时间走进西餐厅。也许是想通过迟到维护自己作为女主角的尊贵吧。

男人已经到了，笑盈盈地迎接她的到来。

“今天好漂亮啊！好久没看到你这个样子了。我有点儿兴奋。”

两个人谈笑风生地吃着昂贵的食物。我能感觉到她的紧张，因为她的脚依然冰冷。直到用餐结束，饭后甜点都吃光了，男人也没说出薇薇安等待的话。她感觉一分一秒都像永恒，悄悄地在心里倒计时。男人看了看手表说：“我们走吧？”她有些惊慌失措。

“这……这么早？”

“早？10 点多了，去你家休息吧。”

“你不是有话要说吗？既然要说，就在这里说吧。”

“有话要说？没有什么特别的啊！”

她似乎在好奇与自尊之间做着权衡，最后故作泰然地又要了杯葡萄酒，为自己赢得时间。

“我刚刚想起来，昨天你在新加坡免税店里问我戒指的事？”

男人抿了口葡萄酒，不以为意地回答：“啊，那个？一起出差的同事要向女友求婚，不知道该去哪儿买什么样的戒指，我想起你以前说过一款戒指很漂亮，于是就问你了。”

她的腿立刻没了力气。她大概也意识到自己在男人面前难以自持，于是起身说要去卫生间。她的脚步颇不寻常。因为紧张，她的脚上出了很多冷汗。脚在鞋里打滑，终于失去平衡滑倒了。她扭伤脚踝，重重地摔倒在地，安静的餐厅里响起了“咣当”声。服务员和男人大吃一惊，赶紧跑过来扶她。她说没事，然后拖着受伤的脚踝走向卫生间。她在空荡荡的卫生间里伫立良久，看着镜子。也不知道她僵硬地站了多久，在跟谁嘀咕：“不合脚的皮鞋就不该穿。”

从那以后，她再也没见过那个男人。那个男人也没打电话，更没来敲门。我只记得她最后一次和那个男人通话时说过的话：“我发现我真的想和你结婚。尽管处处亮起红灯，可我还是相信你会为我解决所有问题。我一直在等你向我求婚，可是你没有。”

以前我看到她，以为人和能让自己瞬间变得幸福的人在一起就会幸福。我以为瞬间之和就是生命的整体，原来我的想法大错特错。与无法共享未来的人在一起，这样的时间无比空虚。无论怎样相加，总和也不可能成为正数。

当她明白这个事实的时候，他们才能真正分手。

他们也曾分手多次，只是一直无法真正分开。因为他们的交往不是以真正的爱情为前提，每次分手也都稀里糊涂。他们的关系并不深入，所以他们的离别也很浅薄。这次不一样了。她意识到自己真的爱上了男人，离别也变得更有分量。凭着直觉，原本稀里糊涂的男人似乎看出这次是“真的”了。

彻底分手之后，她病了很长时间。

等到身体完全康复，薇薇安才和妹妹联系。看着几天之间瘦得认不出来的姐姐，妹妹震惊不已。我反而从她大病初愈的脸上发现了从未有过的平静。这样的表情突然让我产生了似曾相识的感觉。

以前，薇薇安的手指上扎过刺。平时没事，只要碰到就会很痛。手指不适，她也没采取任何措施，理由是人体防御系统会自行驱走异物。我知道她无法忍受半点儿疼痛。她想回避切开皮肤拔出扎在里面的刺这个出血的过程。后来手指肿得厉害，化了脓，她才不得不把手指伸向外科医生。忍受一次强烈的痛苦，结束微弱却顽固的疼痛，她的脸上露出了畅快的神色。此时此刻，她的表情和那个时候很相似。

吃过妹妹煮的粥，薇薇安似乎有了点儿力气，起床去了更衣室。她朝我这边伸出手，把我拿起来，去了客厅。

“你想要这双皮鞋吧？拿去吧。”

妹妹的大眼睛瞪得像油灯，恐怕惊讶程度不亚于我。薇薇安不断地处理掉旧皮鞋，买来新皮鞋，然而珍爱的皮鞋却绝对不会送人。这点妹妹比谁都清楚。妹妹担心姐姐是大病之后精神有点儿不正常。

“以后我不想再穿不合脚的皮鞋了。太宽松的皮鞋不合脚，刚开始会觉得很舒服，因为不怎么接触皮肤，脚没有挤压感。走着走着就会感觉不舒服，很快全身都疲惫不堪。最后在决定性的瞬间摔倒，或者扭伤脚踝。哪怕需要一点儿时间适应，也要穿合脚的皮鞋。起先感觉有点儿紧，皮肤总是碰到鞋子，不过穿些日子之后，脚会适应皮鞋长出茧子，皮鞋也会稍稍变大，成为最舒服的鞋子。我连皮肤和鞋子之间短暂的摩擦都不愿忍受，却固执地选择了不合脚的大鞋，以后不会这样了。”

看着她苍白而坚决的脸，我很清楚自己该离开了。对于离开不适合自己的男人，努力除去生命模糊感的她来说，我只能成为障碍。她成长了，我真的能做到笑着离开。

离开熟悉的公寓，我再次把薇薇安送给我的宝贵教训刻在心里。

——摆脱环绕自己的迷雾。

人生没有万能的标准答案，“属于自己的标准答案”却是必不可少。只有驱走人生的迷雾，让人看不到本质的模糊，标准答案才会出现，不管这个明确的真相有多么丑陋和痛苦。就像薇薇安明确了自己的爱之后，反而找到了真正的自我。我渐渐明白，人只有准确了解自己的人生，才能过得有意义。后来我为自己没能及时扶住她，让她尴尬摔倒而自豪。如果这件事能帮她驱走人生的迷雾，那也算我为主人尽了自己的力量。如果有朝一日能回到我永远的第一任主人——我的丽兹身边，我也会为她做同样的事情。

新主人第一次穿我是在机场。她不适应高高的鞋跟，迈着让自己和别人都觉得别扭的怪异脚步，走进国际航班候机大厅。薇薇安等在那边，身旁放着大旅行箱。不知为什么，她看起来和从前截然不同。因为明朗的表情，还是因为新皮鞋呢？我仔细观察，终于发现了，不是别的，正是她的头发。从前垂到腰间，经常扎成小辫或盘起的长发变成了轻快的披肩发。仿佛她生来就是这样的发型，很美，很适合她。

“姐姐，保重身体，好好学习，还有……可能的话，带个男人回来更好。”

薇薇安流露出特有的傲慢而清爽的笑容，回答说：“如果找到适合我的男人，我一定带回来！”

OLIVIA

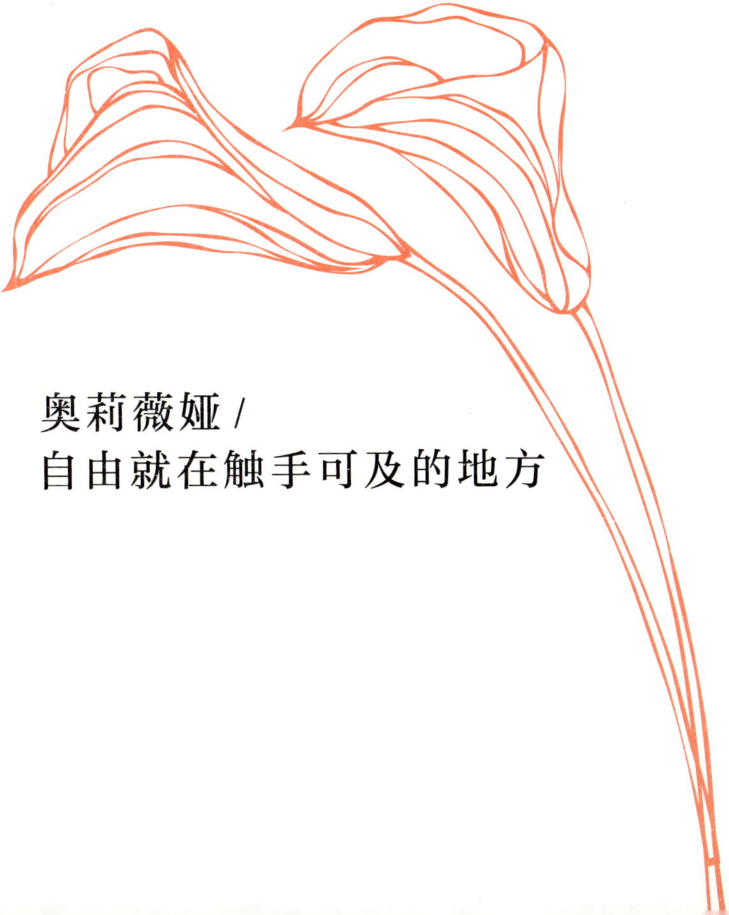

奥莉薇娅/
自由就在触手可及的地方

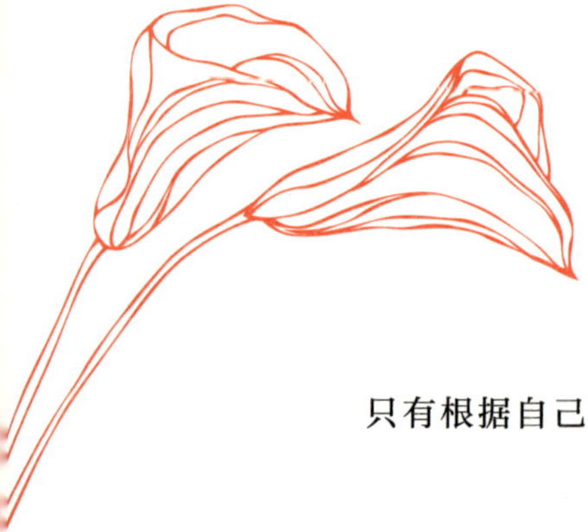

只有根据自己的意志

掌控自己的人生，

人才能感觉到自由。

转移到新主人那里之后，我再次沦为宅在室内的命运。每天在家和孩子学校、小区周围奔忙的主人，穿运动鞋或平底鞋的时间更多。以前从姐姐薇薇安那里拿来的皮鞋也都在鞋柜里酣睡。鞋柜很小，已经没有空位，于是我被放在玄关角落，供人观赏。这也算是不幸中的万幸了。

新主人的邻居朋友们经常来家里玩，每次看到我都感慨不已，说第一次亲眼看到像我这样的名牌皮鞋，都想要试穿。

一动不动地窝在玄关角落里的我，终于有机会观赏主人的卧室。她要参加家长观摩课，网购了衣服，正站在卧室的全身镜前试穿。只有穿上漂亮的皮鞋，才能突显衣服的真正款型。智慧的姐姐这样教过她，于是我得以和新衣服一起进入卧室。主人耿直斯文，卧室却富有童话色彩。不管往哪里看，都有花纹和蕾丝。这还不算什么。看到挂在床边墙上的大大的婚纱照，我还以为是电影海报呢。照片上羞涩微笑的少女酷似古典电影《罗密欧与朱丽叶》里的奥莉薇娅·赫西。当我看出旁边的男人就是每天早晚出入家门的男主人时，我无法相信照片中的“奥莉薇娅·赫西”就是我的新主人。这个事实令我瞠目结舌。这10年来，她究竟经历了什么？

“均码衣服怎么这么小？这到底是哪个混账世界的均码？”

她抓着连衣裙紧绷的衣襟发牢骚。变化的不仅是她的小腹。照片上的主人和眼前的主人，仿佛是两个从灵魂最深处就有区别的人。

电话铃响了，她的挣扎和我的混乱被打断了。打电话的人是她的丈夫。

“我刚下班。”

“今天你自己吃晚饭行吗？我在网上买的衣服不合身，必须马上去买新的。明天还要参加秀智学校的家长观摩课……我做好饭再走。”

“我这个从早到晚辛苦忙碌的家长，竟然要独自吃冷饭？再说衣服的问题，你从思想上就错了。孩子的观摩课而已，买什么新衣服？穿平时的衣服就行了。整天跟那些游手好闲、只知道花钱的女人混，变得越来越虚荣了！”

“怎么也得顾及孩子的脸面啊……又土气又邋遢的妈妈会让孩子难堪的……”

她的声音总是含糊。

“我说得很明白，你就算出门，也要等我吃完晚饭再去！”

“那时候商店就关门了……”

她话音未落，电话就被挂断了。我以前见过的男人从来没有这样对待自己的女人。竟然把我的主人当成侍女，真是见所未见、闻所未闻的老古董，不可救药。

主人穿着拉链合不上的连衣裙，久久地坐在梳妆台前。我又盯着她看了很长时间。某个瞬间，镜子里端坐不动的她，脸上突然重现昔日婚纱照上的“奥莉薇娅·赫西”的神情。周围安静下来，像凌乱的水面渐渐平静，她很快又回到了平时的本来面目。从那以后，我随时都能从主人脸上发现奥莉薇娅·赫西的淡雅。我决定叫她奥莉薇娅。

照片上的奥莉薇娅 22 岁。当时 31 岁的“老古董”对年轻的奥莉薇娅一见钟情，积极展开求爱攻势。“老古董”在经济方面比同龄男人宽裕，做事从容。她也觉得这样的男人更有魅力。但是，假如不是因为那次被她称为人生扭曲的事件——怀孕，她才不想把自己的 22 岁投给公认的青春已逝的男人。还是大学生的她遭遇意外，只好匆匆结婚，现在仍是“休学”状态，已经第十年了。

奥莉薇娅毫不避讳地说自己是“被骗婚”，然而看起来她并非多么不幸。有的人甚至觉得她很幸福。身为大企业部门主管的“老古董”固然爱唠叨，不过他工作忙碌，很少在家里烦她，而且忠实地履行着养家的义务。她不用像丽兹那样在恶魔般的上司手下工作，过着贫穷的生活；也不用像薇薇安那样在不稳定的人生岔路口受煎熬。她照顾着上小学的女儿，结识了很多邻居妈妈，有空就聚会，享受愉快的时光。全职家庭主妇的生活半径不是取决于自己的年龄，而是女儿的年龄，所以和她在一起的妈妈们都比她大 10 岁。她们却成了朋友，没有感觉不协调。

从外表来看，奥莉薇娅只是安安静静的家庭主妇，其实她很喜欢与人打交道，跟什么人都合得来。总之，她是很有魅力的女人，天生外向。她也懂得谨慎行事，不让自己的性格对他人造成压力。这点非常难得。

“不要对初次见面的人说太多，我告诉过你吧？人家会烦的。

说声‘你好’就行了。如果感觉别人想跟你说话，到时候你再说。”

9岁的女儿和从前的奥莉薇娅一模一样，性格也如出一辙。看到她对女儿的教育，不难猜测奥莉薇娅是在怎样的教育环境里长大。然而不管她如何压抑自己想要闯入他人生活的本性，别人还是能感觉到她的好意和敞开的心扉。不用她先行动，人们就争先恐后地接近她。也许是这个缘故，她家里总有客人来来往往，随时都弥漫着食物的香味。她的厨艺很好，喜欢跟人分享自己做的食物。后来我终于明白她为什么经常给姐姐薇薇安送小菜，为什么身体丰满得和婚纱照上判若两人了。

不知从哪天开始，家里来了一个金发的西方女人。那是一个跟随做生意的丈夫来首尔的英国女人。惊人的是，这对莫逆之交谁也不会说对方的语言。哪怕面对的是火星人，奥莉薇娅也能在一个小时之内将对方变成朋友。

在我看来，人类的痛苦开始于可供选择的岔路，比如不稳定的工作环境，男女之间不知何去何从的关系。这个过程既需要做出选择，还要处理未被选择的东西。奥莉薇娅却不需要承受这样的痛苦。很多事情早就确定好了，最多就是考虑下顿吃什么饭，买什么洗涤剂。也许是因为这个缘故，我从她身上找不到前几任主人那种若有若无的焦虑。的确如此，奥莉薇娅并不恐惧年龄的增长。

如果说过得好就意味着幸福，幸福就代表痛苦少，那么奥莉薇娅的确是个幸福的女人。结束了所有的选择，每天和喜欢的人们相处，这样的生活应该算不错了吧。

——幸福并不是什么特别的东西。当你真正明白这点的时候，你就会感到幸福。

我又得到了一句要对丽兹说的话。

“一切都好，只是我没有自由。”

奥莉薇娅经常这样说。我无法理解这句话。因为她比我认识的所有人都自由。我的前主人们每天被关在办公室里，身体不舒服或者想休息的时候，也还是要工作。奥莉薇娅却不必这样。

清早起床，送走上班的丈夫和上学的女儿，再用几个小时打扫卫生，然后坐在整洁的客厅里看电视剧、喝咖啡。这时的她就像坐拥全世界的女王。女王的统治有效期在晚归的丈夫回家之前。约上朋友们做饭、分享，或者相约看电影，听说哪家新饭店味道好，她们就聚齐几个人去品尝。最近为了尝试流行的瘦身运动，她好像刚和邻居们去健身俱乐部报了名。看到奥莉薇娅带到俱乐部准备和朋友们分享的无比丰富的食物，就算她们像备战奥运会的国家队运动员那样高强度地运动，恐怕也不会消耗掉卡路里。

我怀疑她把事情已经确定的状态误认为是没有自由，比如和别人恋爱的自由，重新选择职业的自由。其实呢，拥有可能性并不意味着自由，因为可能性终究只是可能性。

那天，奥莉薇娅表现出不同以往的焦躁。她总是看表，一会儿拿起电话，一会儿又放下，隔壁传来有人进出的声音，她也会很吃惊，抬头向门口张望。一看就知道她是在等“老古董”，平时她并不关心“老古董”的进进出出。说不定会有好玩的事情发生呢，我也跟着敏感起来，陪着她等待“老古董”的归来。我很少外出，日常生活也没什么起伏，每天就守着她的家门，日子过得很无聊。

10点多了，终于传来按门禁密码的声音。

“老公，回来了?”

奥莉薇娅像弹簧似的站起身来，迎接“老古董”。“老古董”已经从她闪闪发光的眼睛里看出了什么，刚脱掉皮鞋就问：“又有什么事?”

“老古董”洗澡的时候，她准备好了罐装啤酒和凉拌海螺。这是他喜欢的组合。洗完澡出来，他坐在沙发上喝啤酒，奥莉薇娅这才开口说道：“有人约我出去工作……”

“工作?你会什么，怎么工作?不会是被传销组织骗了吧?说是让你工作，其实是让你掏钱吧?”

还没听她说完，“老古董”就开始吹毛求疵，并断然拒绝。奥莉薇娅按捺着受伤的心情，努力让对话进行下去。

“不是的，我不需要交钱。就是给我发工资，如果好的话，还有提成……”

“那就更奇怪了。不会是把你抓去卖掉吧?那个骗子是谁?”

“凯特，你也认识吧?那个住在我们单元10层的英国女人。凯特很喜欢韩国，想在这里开一家面向外国顾客的餐馆。我厨艺好，又善交际，所以她想和我合作……”

“她是在找随便使唤的奴仆。你连英语都不会说，在餐馆里能做什么？放着好好的家庭不管，为什么要去给外国人打杂？”

奥莉薇娅的耐心终于耗尽了，冲着“老古董”大喊：

“你这个老家伙，太过分了！！！”

面对她的气势汹汹，“老古董”略显踌躇。

“是的，我大学没毕业，从来没有社会生活。我的全部工作就是宅在家里伺候你和孩子。这都是因为谁？勾引二十几岁的女孩，把她变成白痴的人不正是你吗？现在你却跟我说什么传销，什么人贩子，什么奴仆？凯特是第一个承认我价值的人。不许你这样侮辱我，侮辱凯特！”

“老古董”默默地望着面红耳赤、滔滔不绝的奥莉薇娅，低声哄她：“知道了，我知道你的意思了。看到邻居家身穿套装上班的妈妈，你肯定很羡慕。看到职业女性的姐姐，你也觉得很有魅力。偶尔产生想工作的念头也很正常，这正是因为你没有尝试过社会生活，不谙世事做出的幻想。赚钱多么辛苦啊，简直就是地狱，地狱。你做家务也很辛苦，不过跟赚钱相比还是差远了。反正需要有人下地狱，养家糊口，我一个人就够了。那个叫凯特的女人，现在做朋友很好，如果真的合作，有了金钱往来，你们之间的关系就会扭曲。不是人坏，而是金钱的属性本来就这样。不要毁掉美好的关系，还是像现在这样相处吧，怎么样？”

听他这么说，我都忍不住点头。刹那间，我猛然回过神来。果然不出所料，奥莉薇娅已经被说服，收回了自己的决定。

我终于知道十几年前“老古董”是怎样勾引她的了。平时让她随心所欲，不过只要下定决心，他完全可以朝着自己想要的方向把她说服。“老古董”就是这样的男人。奥莉薇娅学会用自己的眼睛看世界之前，已经习惯了通过他的眼睛看世界。他说的、他展示给她的世界就是她所了解的世界的全部。也许“老古董”说得并没错。这重要吗？至少应该给奥莉薇娅机会，让她验证自己的想法是否正确。我这才明白她说的不自由意味着什么。原来人不是仅仅通过时间和空间来感受自由的动物。自由，这个词分明还包含着另外的东西。

我从没见过奥莉薇娅如此精心化妆，还涂了睫毛膏和腮红。

这可是重大事件。以前她也为遮住颧骨上方的雀斑而涂抹各种东西，像今天这样化全套的妆却很罕见。脱下常穿的纤维裤，换上裙子和风衣的她是那么惊艳。

我被主人迷住了，失魂落魄地抬头看她。这时，她正在玄关前的许多双皮鞋之间迟疑不决。最后，因为时间紧迫，她把脚塞进了我的身体。刹那间，我差点儿叫出声来，因为我至少一年没有外出了。

奥莉薇娅穿着鞋跟高 12 厘米的我上了地铁。难道她是心疼出租车费？不过我觉得她是想多在街头走一会儿，毕竟打扮得这么漂亮很不容易。

她去的是一家颇有特色的意大利餐厅。三个女人正在那里等候。一见面她们就发出尖叫似的感叹，互相寒暄：

“我们差不多两年没见了吧？”

“是啊，我临产的时候见过一面。你们一点儿也没变。”

“你才是呢，都做妈妈了，怎么还这么漂亮？”

我不由得再次确信，女人费尽心思打扮，往往不是为了见男人，而是为了女人之间的聚会。

四个人是从初中玩到高中的老朋友。奥莉薇娅结婚之后，她们仍然经常见面。最近几年，因为种种原因，她们见面似乎少了。

一个人出国留学，不在韩国；另一个人跳槽去了薪水更高的公司，工作很忙；被称为“漂亮妈妈”的朋友生了双胞胎，一度忙得魂不守舍。

四个少年时代的好友久别重逢，自然有说不完的话。换地方喝了点儿酒之后，她们开始了轰炸式聊天。没过多久，我就清楚地了解到她们每个人的31年。

留学归来的朋友谈起她在国外见过的几对情侣，奥莉薇娅插嘴说道：“你不会和外国人恋爱了吧？我老公说，男人都对跟外国人交往的女人避而远之，认为这样的女人淫荡。”

话音未落，周围的空气似乎突然变冷了。三个女人用近乎凝固的目光望着奥莉薇娅。坐在旁边的双胞胎妈妈拍了拍她的腰，小声说道：

“你怎么这么说话？她男朋友不就是外国人吗？”

奥莉薇娅大吃一惊，赶紧转移话题：“哎哟，我不是那个意思，我是说男人们这么想，所以未婚女人还是小心为妙……其实这都是偏见。不管哪国人，只要人好就行，不是吗？”

尽管她匆匆辩解，不过我感觉她还是未能接纳朋友的爱情史。另外三个朋友都很自然地接受和外国人结婚的事实，这让她内心深感不安。

从那之后，她们的话题发生了变化。她们选择了不同的人生道路，然后又度过了漫长的岁月，岁月的隔膜就在那个瞬间显现。她们不停地说话，却根本没有共鸣。这点我知道，她们也知道。毫无意义的喋喋不休也渐渐冷场的时候，留学派朋友突然发现了穿在奥莉薇娅脚上的我，瞪大了眼睛。

“这双皮鞋……”

朋友的眼睛在询问，我是不是她了解的那款皮鞋。好像回答她似的，奥莉薇娅说：“姐姐给的。”

朋友这才夸张地表达自己的喜悦。原来她在纽约见过同样的皮鞋，只是实在太贵，所以没买。

“让我穿一下吧。以前看见的时候没好意思试穿，价格太贵了。”

奥莉薇娅爽快地和朋友换了鞋。

“既然换上了舒服的鞋，我顺便去趟卫生间。你们好好欣赏皮鞋吧。如果有什么好地方想穿着去，跟我说，我借给你们。”

她离开的时候，朋友们好奇地轮流穿我。

“……她怎么这个样子？没法和她在一起了。”

“是啊，跟中年人过日子，思维方式好像都后退到 19 世纪了。”

我意识到她们是在谈论我的主人。如果我有嘴，我真想呕吐。奥莉薇娅在梳妆台前坐了整整一个上午，可不是为了得到这样的待遇。

“刚才我说出门之前把双胞胎交给老公了，她很惊讶，你们看见了吗？好像老公照顾孩子是多么奇怪的事情。人家是申师任堂①。”

“你这不算什么，我和美国男人交往就被她说成淫荡女人了。”

“张口闭口‘我老公说……’满嘴都是大男子主义大叔说的话，听得我直起鸡皮疙瘩。”

“不管我们说什么，她都说‘不管怎么说，稳定总是好的’，听了很不舒服。如果像她那样就是稳定的话，我宁愿放弃稳定的生活。”

“她不仅思维方式老旧，穿戴也很过时。现在的全职主妇也都很注意保养，她也该好好打扮了，看上去比我们老10岁。”

没过多久，奥莉薇娅回来了。朋友们连忙停止对她的议论。我知道，她已经察觉出朋友们怎样看她了。

---

① 16世纪朝鲜女书画家，也是韩国历史上著名的贤妻良母和艺术家。——译者注

只有一件事能让奥莉薇娅从早晨开始就兴奋不已。她一大早就做好准备，比女儿更早出门，这意味着某个地方举行大促销活动或义卖会。她匆匆忙忙地穿上运动鞋，把我塞进包里，跑步出门。她带上我，是因为我的鞋跟坏了。上次出去和朋友聚会回来的路上，鞋跟卡进了下水井口，折断了。像我这样的皮鞋本来就不是为行走而制造，应该乘车到达目的地，只走片刻。任性地走在粗糙的路面，只会让我毁掉。这样的鞋也能叫鞋？正如冰鞋只能在冰面上使用，像我这样的皮鞋就是为了最大限度地展示美丽。不管怎么说，名品修理店云集的马路和她的目的地位于相同方向，我也有幸见识了从未看过的义卖会。

我长期住在繁华大街的橱窗里，而不是百货商店的名品馆，因而自诩为阅人无数的皮鞋。跟着她参加慈善义卖会的时候，我在同样大的空间里看到的人数要比我这辈子看过的人多了几百倍。活动现场还没开门，奥莉薇娅早早到达，站在门前排队。门一开，她便以最快的速度冲了进去。夹杂在拥挤的人群之中，寻找物美价廉的商品，她的眼睛里闪烁着疯狂。停留在那儿的几个小时，我发自内心觉得奥莉薇娅很可怕。

她有经验，也收集了信息，因而效率很高。她像从战场上救出战友的士兵，抱着一大堆东西冲出仓库。更惊人的是，战利品中还有沉重的微波炉。她和我忍受了收银台前漫长的等待，终于可以接触外面的清新空气了。她疲惫不堪，我甚至怀疑她有没有力气再送我去修理店。她的脸上闪闪发光，洋溢着胜利的喜悦。她把东西放到附近的长椅上整理。这时，一群上班族失魂落魄地走出义卖会现场。

“怎么回事？一到午休时间就赶来了，怎么没有东西啊，只有挤来挤去的人？这真的是运气好就能捞一笔的义卖会吗？”

“我听说啊，本来有很多价格低得离谱的东西，可是被那些一开门就冲进来的人们抢光了。”

这时，有人往奥莉薇娅这边瞥了一眼，说道：“我听说那个微波炉只要 15000①。”

“真的吗？那跟白送差不多了。这些东西到底让谁抢走了？我

---

① 此处 15000 为韩币，相当于人民币 84 元。——编者注

们进去的时候，什么实用的东西都没有了。”

“哎，别做梦了。那些人大清早就来排队。谁拼得过那些大妈?”

“是吗?刚才我还羡慕呢，听你这么说，也怪可怜的。什么好东西啊，至于这么拼命吗……说是新品，其实都是卖不出去的库存货，否则也不会这么便宜。”

尽管声音压得很低，但是我仍然能听见她们的谈话内容。奥莉薇娅置若罔闻，只是她整理东西的手在轻轻颤抖，没有逃过我的眼睛。

奥莉薇娅没进修鞋店，径直回家了。她提着沉重的物品回到家里，把微波炉放在角落，躺在沙发上，满脸都是烦透了的样子，看也不看辛辛苦苦买回的东西。我知道，她受到了最严重的伤害。

人这种动物，最大的伤害往往不是来自别人，而恰恰是自己。我怀着不安的心情观察了几天，更让奥莉薇娅受伤的似乎不是那些人将她定义为“无所事事的大妈”，反倒是因为这句话而受伤的自己。既然能被这句话左右，说明她也在某种程度上认同这个说法。如果自我轻如鸿毛，陌生人随口说的一句话就能让自己崩溃，这样的自我多么微不足道。她大概是这样想的。

她破碎的心不同于我断裂的鞋跟，任凭谁也无法黏合，更不可能恢复原来的样子。

奥莉薇娅回避和朋友们的联系，独自消磨时光。一段时间之后，她终于又带着我出门了。为了回归正常生活，她需要完成某项课题，也要做个了断，修理我就成了最合适的选择。

经过简单的“手术”，我恢复了原来的样子。我很想走路，然而她几乎不会换掉脚上的平底鞋穿上我。当然了，这个诞生于混沌的世界经常发生可能性很小的事情。不知她究竟想到了什么，走着走着，突然停下脚步，毫无预兆地换了鞋。也许突然之间，她很想像自己的姐姐那样，泰然自若地穿着华丽的皮鞋。也许突然之间，她冒出了在街头俯视众生头顶的欲望。接连几天没出门，外貌更显凌乱，又穿着花哨的高跟鞋，这样的打扮的确很奇怪。可是，我喜欢。

她去百货商店取回几天前放在修理部的熨斗。映入我视野的是色彩绚烂、芳香弥漫的化妆品柜台。我突发奇想，她忧郁了好几天，要是能美美地化个妆就好了。我竭尽全力把她引向那边。

“顾客您好？”

听到化妆品专柜店员的问候，茫然前行的她猛地回过神来。她以为自己走错了路，走到了这里。

“为了庆祝新品上市，我们为顾客提供免费化妆服务。您穿着这么漂亮的皮鞋，要不要尝试相应的华丽妆容？”

若在平时，她会当成是化妆品促销，不加理睬。现在的她和往常不同。她乖乖地跟着店员走进去，把自己的脸托付给对方。

不一会儿，妆化好了。她和刚才判若两人。这次和她以前化的妆截然不同。她对镜子里的自己很满意。无须我再做什么，她理所当然地走向服装卖场。她好像忘了自己来百货商店的目的，忘了出故障的熨斗。不过，她也的确需要这样的时光。每次去百货商店购物，她只给“老古董”买衣服，而她自己总是在网上买未经试穿的廉价衣服。

“这个身材穿贵重衣服太可惜了。等我瘦了再买吧。”

这句话几乎成了口头禅。她并没有为瘦身做过相应的努力，我也觉得没这个必要。她需要的仅仅是漂亮的衣服。今天穿上久违的合身衣服，她似乎终于明白了这个事实。别看是去年的库存，只卖半价，然而材质很好，剪裁适当，这样的衣服对人的改变超出想象。她怔怔地注视着镜子里的自己。老练的导购员赶忙走上前来，大加称赞。

“您五官分明，简直把黑色礼服的效果发挥到了极致。这款衣服我卖过很多件，从没见过像您这么合适的。我可不是随口说说，真的是这样。这就是为您量身定做的衣服，您一定要买下来。我这么说是觉得您不买太可惜了。”

哪怕是有目的的阿谀奉承，也要发自内心才能打动人。那名导购员似乎真心觉得衣服适合她。她没能抵挡住诱惑，打开钱包结账。导购员对她说：“衣服、妆容、皮鞋非常搭配，哪样都无可挑剔。今天要去什么好地方吗？”

“啊……是的……”她支支吾吾地回答，脸上浮现出一丝困惑。我知道她下一步要去哪儿。她要去附近的菜市场买大葱和茼蒿。走出百货商店，她似乎不想穿着这么漂亮的衣服去菜市场。站在通往地铁站的商店门前，她无缘无故地徘徊起来，看着手机，似乎在搜索适合独自前往的地方。这时，喧哗的手机铃声响起来。

“老……老公？”

没有特别的事情，“老古董”绝对不会给她打电话。手机里传出“老古董”激昂的声音，旁边的人都能听到。

“我出来办事，钱包丢了。我在市中心，哪儿都去不成，时间也差不多了，我这就下班。如果你在家，我就直接打车回家。”

“我在外面。”

“那你马上打车到我这儿。”

通过她的脚，我能感觉到她的心在疯狂跳动。

“老古董”常说，女人花钱买衣服是疯狂之举，还拐弯抹角地责怪她说，如果想让自己漂亮，正确的做法不是花钱，而是减肥。看到姐姐独自生活，却花很多钱购置衣服和鞋子，他总持鄙夷的态度。如果看到此时此刻的奥莉薇娅，他会是什么反应？我不难猜测她为什么恐惧了。

“现在恐怕不行。”

“你一个家庭主妇，还有什么比我现在的情况更急的事！马上赶过来！”

“老古董”挂断了电话。她只好坐上了出租车。一路上她都在担心，自己打扮成这样，该如何向丈夫解释。

“要不就说在网上中奖了？比如大变身之类的活动……”

她开始自言自语。

下了出租车，走进“老古董”等她的咖啡厅，她依然很紧张。“老古董”连饮料都没点，望眼欲穿地坐在空荡荡的餐桌前等她。当她走过去的时候，“老古董”却没有认出她，仍然眨着那双特有的呆滞眼睛。

“老公，等很久了吗？”

她的声音小得像蚊子，边说边坐了下来。认出是她，“老古董”不由得瞠目结舌，差点儿脱口而出“你是谁”。过了好长时间，他才开口：“点些什么吧。”

她很紧张，还以为丈夫会说很难听的话。意外的是，看到她变身后的样子，“老古董”竟然什么都没说，也不像压抑着愤怒。他的语气和举动反而比平时更温柔了。据我所知，“老古董”固然自以为是，却还没到变态的程度。他不会阴险地压抑愤怒，然后找个没人的地方尽情发泄。奥莉薇娅虽然还不理解眼前的状况，但至少是放心了。夫妻俩相对而坐，尴尬地喝着茶。这时，有人和“老古董”打招呼：“这不是郑次长①吗？”

好像是因为工作认识的，他们寒暄几句之后，视线自然而然转移到奥莉薇娅身上。

---

① 次长是日韩企业中的一个管理职务，介于主任和部门经理之间。——编者注

“这是我妻子。”

“老古董”介绍说。那人大方地和她打招呼。

“夫人真是美女啊。郑次长夫人的厨艺是出了名的好，没想到还有如此美貌。”

不管对方是谁，我都必须看看“老古董”听到这话是什么表情。他流露出一年来我从未见过的笑容，好像彻底解除了武装。整个晚上，他都因为漂亮的妻子而开心不已。奥莉薇娅的心情却颇为复杂。

“我从22岁起就对老公的话深信不疑。因为他比我聪明，比我经验丰富，所以我认为他说的都对。不管什么事，他的决定就是我的决定。现在我明白了。他是个傻瓜，根本不记得强求我遵循的价值观是什么。我呢，则是比他更傻的大傻瓜，一直都把自己的人生方向交给了他。”

第二天，我听见奥莉薇娅这样对凯特说。

有一天，家里的气氛很怪异。奥莉薇娅悲壮地向“老古董”宣布：“我要带秀智去曼谷，一个月！凯特的朋友说，如果我们在旺季帮她料理餐馆工作，可以为我们提供食宿。我们去学习经营面向欧洲人的餐馆的经验，顺便见见世面。”

“老古董”觉得不可思议，许久没有说话。等到好不容易开口了，他的第一句话却是：“你疯了吗？”

这次奥莉薇娅没有老老实实地听“老古董”的责难。

“我意识到自己有问题了。也不知道从什么时候开始，我总是很郁闷，感觉自己被关在某个地方。我常常以自己为耻。以前我不知道为什么这样，现在我明白了，22岁以后，我从来没有做过任何决定。你比我年长许多，展示给我的世界就是我的全部，我就在里面按照你的决定生活。现在，我也到了你跟我结婚时的年龄，所以我明白了。你也只是个普通人，不懂的事要比懂的更多，和我一样，艰难地活在人世间……至少从现在开始，我要决定自己的人生，我要对自己负责。”

“我行我素就是决定自己的人生，对自己负责吗？这是更严重的不负责，不是吗？”

“这不是我行我素！我已经做了充分的计划和考虑。这是我婚后第一次做决定，请你支持我。只有这样，我才能呼吸。”

说到最后，奥莉薇娅几近哽咽，同时又无比坚定。“老古董”只是看着她，沉默代表服从。他无力地望着妻子，此刻的他比以往任何时候都衰老和软弱。

“出售名牌皮鞋，状态良好。”

我带着这个题目再次登上 37 论坛的二手交易平台。她要去曼谷，需要机票钱和舒适的凉鞋。

“这是我非常珍爱的皮鞋，因为特殊情况不得不卖。我希望能有善良的人把她买走，经常愉快地穿着它走路，而不是像我这样几乎不穿，只是保存起来。如有这样的朋友请留言。转让不按照先后顺序。根据上传事由，能让我心动的朋友优先。”

发完帖子，她做了会儿家务，等到重新登录的时候，她吃惊坏了。这么短的时间，留言竟然达到上百条。原来我已经成了论坛的“传奇”。对于迷恋皮鞋的女人来说，我是梦中之鞋，曾以不可思议的价格成交。很多女人都在议论我，期待自己也能有奇遇。现在我又出现了，论坛当然热闹起来。

奥莉薇娅看留言的时候，不断有新的回复出现。她看得很认真。因为没钱而未能举行婚礼的夫妻，婚后三年才举行婚礼，希望能穿上这双皮鞋；身高 150 厘米，很自卑，希望通过这双皮鞋找回自信；想要这双皮鞋想得发疯等。理由五花八门。奥莉薇娅继续往下看，令她心动的留言只有一条：

“即使穿上这双鞋，我也能像疯子似的跳舞。”

奥莉薇娅没有多想，当场回复了写这条留言的“玛丽莲·梦露”，决定把我转让给她。

奥莉薇娅做着周密的旅行准备，脸色渐渐变得明朗。她那“老古董”百般挑剔也依然没有改变的身体，竟然苗条得让人认不出来。这是她长大成人后第一次自己做决定。她有些紧张，努力让自己朝着最好的方向发展。尽管比以往任何时候都不稳定，然而她却呈现出我认识以来最幸福、最有生机的表情。

我这才明白人类的自由意味着什么。只有根据自己的意志掌控自己的人生，人才能感觉到自由。无论结果如何，人都应该按照自己的意志做决定。如果总是由别人代替自己做决定，多么成功都没有意义。幸福不在别处，幸福就在这个范围之内。若要幸福，人是需要勇气的。

听到内心深处的回声，我把要告诉丽兹的话再次刻在心里：

——不需要任何人，让自己做决定。

MARILYN

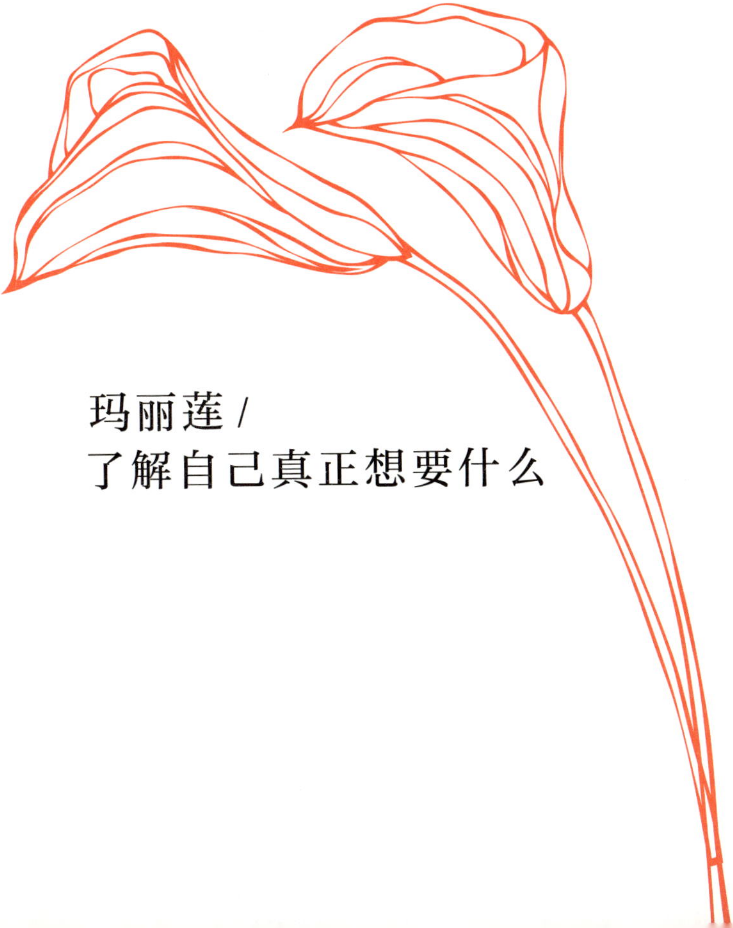

玛丽莲 /
了解自己真正想要什么

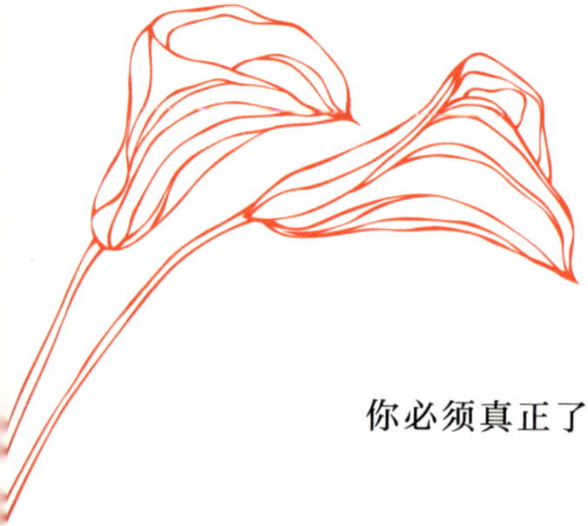

你必须真正了解：

什么让你宁愿放弃

一切也要得到。

“中奖！”

新主人不需要我取名字。她简直就是论坛昵称的化身。这个姑娘拥有曲线分明的玲珑身材，引人注目，活脱脱就是玛丽莲·梦露。她刚把我从盒子里拿出来，就大叫起来。

“真的好漂亮！”

“天啊！”

“太好了，正是我喜欢的风格！”

别看她浑身上下洋溢着粉红色的女人气息，发起感慨来嗓门儿却粗犷而洪亮。她对我爱不释手，一遍遍地试穿，惊呼……正当我为意想不到的款待迷失自我的时候，她的妈妈拿着一堆整理好的衣服走了进来。

“又买东西了。穿这种皮鞋走路，脚脖子不想要了？你这孩子，34岁了，到底什么时候能懂事啊？”

令人吃惊的不是母亲毫不掩饰的态度，而是她的年龄。她看起来最多也就是二十五六岁，难道岁月都被她吞掉了？真让人难以置信。

“不懂事又怎样？就算扭伤脚踝，我也要每天穿我喜欢的皮鞋。”

她哼着歌扭来扭去，对着镜子反复打量穿我的姿态。她看上去真的很幸福。只穿吊带和内裤的性感姿势、搞怪姿势，她不断变化，一刻也停不下来。我感觉奥莉薇娅的确把我送到了合适的地方。

第二天，玛丽莲真的穿着我上班了。这个女人说到做到。我的惊讶和慌张只是刚刚开始。她上班的地方不是别处，而是街道办事处。玛丽莲是公务员。我对人类的职业并不了解，只是觉得最不适合她的职业恐怕就是公务员了。意外不止于此。她不是普通的公务员，而是工作态度非常认真的公务员。

“这件事你一定要帮我。上次我交给金主任，最后不得不从头重做。”

“我也想帮忙，可是事情太多了。”

“其他事交给别人不行吗？这次活动结束后，我让你好好休息。”

面对上司的托付，玛丽莲不得不接下新的工作。她真是忙得不可开交。好奇怪。根据以前的道听途说，公务员是世界上最稳定、最舒服的职业。虽说工资不高，却很轻松，不需要值夜班，下班时间也早。这样的职业为数不多。更奇怪的是只有玛丽莲和几个人在忙碌，另外几个人闲得近乎无聊。

“你在哪儿？聚餐？第二轮你不要跟着去了，跟我去‘娜奥米’吧……我？为国家工作直到现在。”

工作结束了，玛丽莲来到黑暗的街头，打起了电话。她乘上出租车，下车的地方是灯火辉煌的繁华大街。不过和我在橱窗里等待客人的大街不太一样。行人几乎都是衣着华丽的年轻人，绚烂的招牌下到处都有人排队。有个正在排队的女人朝这边挥了挥手。那个女人和玛丽莲有点儿相似，很可爱。“娜奥米”招牌在她们上方闪烁。

“喂，当初你为了多玩少工作才考了公务员，怎么深夜才下班？”

“我也想知道呢。以前在大企业工作，至少年薪比现在高啊。”

“看到你这个样子，我真不明白为什么有那么多人准备公务员考试。”

“至少不会被炒鱿鱼。不管多么无能，都不用担心失业。唉，工作都推给我这种不会敷衍的人了。”

两个女人谈论着心事，不知不觉轮到她们了。

走进里面，我真是大开眼界。强烈的音乐震得人心脏颤抖，到处都是令人头晕目眩的灯光，人们挤在这样的空间里跳舞。空气都热得发烫。玛丽莲似乎口渴了，先要了瓶啤酒。喝下几口后，她做出我从未见过的动作，摇摆身体。

“即使穿上这双鞋，我也能像疯子似的跳舞。”

玛丽莲用这句话说服奥莉薇娅，从而得到了我，现在看来她的确是不会伪装的女人。我也从来没像现在这样，在某个人的脚下绚烂而迅速地移动。我头晕得厉害，失去了意识，至于后面发生了什么，我都不记得了。

我倒觉得身为女人，也应该过一过她这样的生活。于是，我依然认真地记下了想要对我的丽兹说的话：

“立足现实，活出烟花般的绚丽。”

玛丽莲拥有钢铁般的关节和消耗不完的体力。她几乎每天都穿着我，经常去“娜奥米”，下班直接回家的时候不多。经常有人打电话，邀请她参加各种聚会。只要没什么特别的事，她从不拒绝。她参加的聚会很多，高中同学、大学校友、大学社团朋友、备考公务员时并肩奋斗的朋友、打工时认识的朋友，还有学习业余爱好时针织论坛的会员。每次和别人见面，她都能让现场气氛变得活跃。她能认真倾听别人说话，也能用无所顾忌的举动逗大家欢笑。可爱的她喜欢和人打交道，最让人不理解的是她明明那么喜欢聚会，然而聚会结束后，她回家时的表情却格外轻松。人真是复杂的生物。

有一天，她的朋友和男友的朋友们聚会，邀请她参加。那是我平生第一次在电视之外的现实里目睹男人和女人一见钟情的过程。从玛丽莲姗姗来迟、出现在卖炸薯条的啤酒店那一刻起，那个男人的视线就没有离开她。男人长得有点儿像詹姆斯·迪恩①，玛丽莲似乎也不讨厌他，自然而然坐到了他的对面。他们边聊天边喝酒，渐渐地把聊天范围缩小到只属于两个人的话题，还互相留了电话号码。最后，他们以第二天还要早起上班为借口，一起离开了。

---

① 詹姆斯·迪恩：20世纪50年代美国著名演员。——编者注

“虽然有点儿晚了，不过，我们简单地再喝一杯怎么样?”

“好啊。要是我喝多了，你要送我回家?”

没想到她这么爽快地同意了，“詹姆斯·迪恩”喜出望外。

他们走进室内大排档喝烧酒，很快就醉了。傍晚蓄积下来的酒精，再加上深夜的氛围，两人开始在酒吧角落里接吻。他们似乎觉得长长的吻还不够，手拉手走出酒吧。“詹姆斯·迪恩”却无法像承诺的那样送她回家。玛丽莲只是眼神有些迷离，意识还没有涣散，而“詹姆斯·迪恩”的身体已经不听使唤了。

“我们今天就在一起，不行吗?”

他舌头都打卷了，还用手抓住了她。看到他这样，我都忍不住想笑。她好不容易拦住出租车，把他塞了进去。那个瞬间，酩酊大醉却仍然感觉遗憾和愤怒的男人说道：“我最讨厌酒量大的女人了。”

第二天，她忍受着宿醉的痛苦去上班。昨天邀请她参加聚会的朋友打来电话：“你和那个哥哥接吻了吗？有没有?”

她没有回答，而是说现在很忙，等会儿再打过去。对方叹了口气。

“看来是吻了，吻了。”

没等她辩解，朋友就喋喋不休地说："拜托！不要和初次见面的男人喝完酒就接吻，这话我说过了吧？你每次恋爱都不超过两个月，原因就在这里。为什么不能忍一忍？"

"不知道怎么搞的，气氛都那样了。不管开始如何，只要现在好好把握就行了呗。我喜欢那个哥哥。"

"但愿吧！我拭目以待。"

"如果我们结婚，我会请你大吃一顿。"

她常常把结婚挂在嘴边。她有魅力，又如此热烈地渴望结婚，为什么直到现在还没结成呢？真是太奇怪了。

玛丽莲在单位什么工作都做，比如"支持再就业项目"，也就是帮助各种失业者重新找工作。既然是"帮助"别人，我想当然地以为玛丽莲每天都能听到感谢的话。不过，人类世界的运行原理完全不同于我的想象。她出门办公的日子，听到的辱骂和斥责比感谢多得多。那天，一位身穿旧西装的老人正在大喊大叫："我在大企业做过常务①，按照级别算，我是特A级！你却让我做这种事？这是你们公务员的问题。我交税给你们发工资，你们却敷衍了事！"

我很愤怒，像自己遭到了羞辱。同时我也好奇，很想知道像活火山般热情的女人——我的主人——会怎样报复这个无礼之人。然而她的话大大出乎我的意料。

"哎哟，老人家，这次您还不满意吗？坐下来，慢慢说。"

她老练而亲切地应对老人，原本气冲冲的老人乖乖地坐下了。

"目前再就业很难，别说常务，社长②来了也没有用啊。好多活力四射的年轻人都找不到工作，急得团团转呢。"

"我觉得我们国家太差劲了。从经营者的立场来看……"

老人的暴怒逐渐演变成无休止的说教。玛丽莲适当附和，不时打断老人的话，引他回归正题。我看出她并不像外表那样软弱，正在感叹的时候，突然发现出口那边的桌子上有双眼睛在往这边张望。那个青年我以前见过，是一名公益勤务员。忘记从哪儿听说了，他的年纪要比他的三四名同事稍大些。老人提高嗓门儿或者玛丽莲说话的时候，他的脸色不时发生微妙的

---

① 常务，相当于执行总裁。——编者注

② 社长，相当于总经理。——编者注

玛丽莲脱下我，把我放在办公桌下面，穿着拖鞋在办事处跑来跑去。这是格外繁忙的一天。临时放在办公桌上的手机间歇性发出震动音。过了好长时间，她才回到座位，稍事休息，拿出手机看了看。她漫不经心地叹息说："这个男人是不是有病啊？"

邻座的前辈听到她的自言自语，问道："怎么了？有人给你发骚扰信息？"

"大概一年前认识的男人，你说对我有好感吧，他又从来不说见面，也不说跟我交往，就是不停地发短信。"

"短信说什么了？变态的话吗？"

"如果是那样，我早把他列入黑名单了。短信没什么特别内容，无非是过得好吗？吃饭了吗？今天天气怎么样啊……反正都是无聊的话。我都懒得回复，真搞不懂他为什么要这样。"

因为长期陪伴在女人身边，我好像也变成了妖孽。她不懂的事情，我懂。男人这样做是因为没有勇气，害怕遭到拒绝，不确定自己能否被对方接受。他对自己的心和对方的价值都没有信心，无法鼓足勇气。尽管如此，他还是想和女人保持某种形式的联系。“勇者得美人”，缺乏勇气的人连“普通人”也得不到。那个男人恐怕永远没机会了解玛丽莲是多么可爱的女人。

她形式化地写了几句“是的……我很好。对不起，我很忙”，然后不耐烦地放下手机。

“怎么会有这么差劲的人？如果他不是朋友老公的朋友，我早就让他滚开，别再烦我了。”

那天是星期五，“詹姆斯·迪恩”说工作忙，不能见面，于是玛丽莲准备去久违的“娜奥米”。她换上所谓的“夜总会装”，正在等出租车。这时，一辆汽车驶来，停在她面前。司机拉下车窗，竟然是“詹姆斯·迪恩”。玛丽莲哑然失色，只好上了车。不知为什么，“詹姆斯·迪恩”好像很生气。

“你要去夜总会吧？别想抵赖。”

“是啊。你是怎么回事？不是说今天值夜班，不能见面吗？”

他没有回答玛丽莲的问题，而是对她穷追不舍：“你和我谈着恋爱，怎么还想着去夜总会？”

“和你谈恋爱，这跟去夜总会有什么关系？恋爱的人不能跳舞吗？”

“那是单纯跳舞的地方吗？你非要我亲口说出来吗？那里的男人个个没安好心。”

“那种男人和我无关，我只想跳舞，放松自己。只要我没有那个意图就行了呗。你不相信我？”

他恼羞成怒，忍无可忍地大喊一声，把车停在路边。

“既然我那么不喜欢，你就不能不去吗？”

“我喜欢的事，你怎么都那么讨厌？既然如此，你为什么还要和我交往？”

“你怎么这么说话？我就是不喜欢。你不能尊重我的心情吗？你这件衣服也是，能不能别穿这种衣服？短裙，豹纹……我真的不喜欢豹纹，可是你经常穿豹纹衣服。”

“你要求我理解你的不喜欢，那你为什么不能理解我的喜好？我喜欢啊。我喜欢的，你应该都喜欢才对啊，不是吗？你真的喜欢我吗？”

他没再说话，送她到她强烈要求去的“娜奥米”门前，就离开了。玛丽莲刚进去就独自出来了，舞也没跳，径直回家了。

大吵之后，两人还是若无其事地继续见面。我预感到这场恋爱不会持续太久。从那天开始，“詹姆斯·迪恩”就变了。因为想念而赶到她家的次数越来越少了，经常约会迟到，几个小时没有联系。最重要的是，他看玛丽莲的眼神变得空空洞洞，再也没有了恋人特有的好奇和渴望。我感觉这是他发出的信号，“我们到此为止吧”。她用另外的方式表达自己的预感，比如经常提出无理的要求，用讨厌的恶作剧折磨对方。我知道她是想考验对方的真心，希望他能通过考验。面对焦虑而难缠的她，“詹姆斯·迪恩”要么视而不见，要么很不耐烦。

有一天，两个人吃了炸酱面。她的脸上粘了酱。因为他没有帮她擦掉脸上的酱料，两人发生争吵，继而分手。分手常常由这种琐事引起。越是重大事件，越会让人专注于解决问题，而小事却可以看清对方的本质。果然像朋友预言的那样，玛丽莲和初次见面就接吻的“詹姆斯·迪恩”分手了，前后不到两个月。

“你真的和男朋友分手了吗？怎么吃这么多？”

从前常去“娜奥米”的朋友们久别重逢，她吃起煎猪排来比任何人都狂热。

“分手就得绝食吗？你电视剧看太多了。电视剧里的主人公常说没胃口，像口头禅似的。不管分不分手，人总是会饿的，这是活着的证明。”

对于电视剧，我略知一二。像我前主人那样的独身女子，常常像开背景音乐似的开着电视。对人类而言，饮食似乎相当于现实。电视剧需要满足人们的幻想，通过对饮食的超然态度，主角和庸俗的配角得以区分。有人劝他们吃饭，他们就说“没胃口”，然后躲到幻想背后。电视剧里的主人公总是把最重要的感情置于饮食之上，以此让自己变得高贵。玛丽莲却是现实中人，到了时候就会感觉饥饿。离别的悲伤不是“濒死的天鹅”，需要通过疯狂享用甜美而油腻的食物表现出来。

“好，吃吧，吃吧，只要你吃完能感觉幸福就好。”

朋友们都把自己的煎猪排分给她，放在她的盘子里。

“死丫头！我和男人分手了，你们还希望我变胖吗？”

玛丽莲嘴上这么说，却把盘子里的东西吃得一干二净。她说，只要去“娜奥米”以百倍的激情跳舞，就不会长胖。

她专心致志地吃饭，也还是感觉到别的朋友之间弥漫着奇怪的气氛。

“你们干什么呢？为什么偷偷发短信，还互相使眼色？”

像玛丽莲这样聪明伶俐的女人，别看她性格单纯，察言观色还是会的。朋友们终于投降，实话实说了。

“其实是我要结婚了，考虑到你的情绪，我打算以后再告诉你。”

“臭丫头！这种好事，应该最早告诉我才对啊！”

朋友们显然是多虑了。玛丽莲无私地向朋友送去新婚祝福。看她真的没事，准新娘这才放心了，滔滔不绝地说了起来。

“交往不到一个月，他就向我求婚了。他说一眼就看出我是他要娶的女人。不过，我现在还不是很清楚。他不讨厌，我也到了结婚的年龄，所以就听了他的。不知道我的决定对不对。”

玛丽莲安慰说，哪个女人是在确信无疑的状态下结婚的啊！

“想不到公务员还要做这种事吧？以前我在公司上班的时候，也以为公务员就是负责登记和盖章。通过这段时间的观察，你应该也知道，今天这些事根本不算什么。发洪水的时候要去抗洪，下雪的时候要扫雪……公务员，根本不适合做妻子，不是吗？”

“不！很适合做妻子。”

她话音刚落，他就以出奇快的速度做了回答。他似乎也被自己的声音吓坏了，吞吞吐吐地辩解说：“不……我的意思是说，您和主任……工作都很努力……很值得尊敬……我是这个意思。”

他的样子非常可爱，应该不只是我的感觉吧？

换回早晨上班时的衣服，她和公益勤务员一起下班。他们方向相同，而且离得很近。我觉得这是命运的安排。当然，我这么想是因为那时我还不知道公务员或公益勤务员大多被安排在离家较近的街道办事处。他们并肩走路，聊着家常话，不知不觉就转到了恋爱史。玛丽莲笑着问公益勤务员有没有谈恋爱，他腼腆地说：“我有喜欢的人，却不敢轻易靠近。我想和她共度未来，可是我没有这个资格。”

好像是听到“想和她共度未来”这句话的时候，她的心像突然被什么击中似的怔了一下。

快要走到分开的路口了，我悄悄解开了刚才就松散的鞋带扣。本来就没有力气的她失去重心，摇晃起来，然后就是电影和电视剧里经常出现的场面。公益勤务员本能地抓住差点儿摔倒的玛丽莲，两人保持着这个姿势，短暂而意味深长地互相对视。我在心里大喊痛快。

仅此而已。他们没有再说什么，各自回家了。

几天后，公益勤务员“退役”了。后来我才知道，这意味着他不再到她工作的街道办事处上班。

不知道过了多久。也许是因为玛丽莲不再进行为期两个月的恋爱吧，她一如往常，只是稍微有点儿变化。她不再轻易爱上风趣而有魅力的男人，也不再和初次相识的男人接吻。

“他说‘共度未来’的时候，我心里的某个角落好像猛地一沉。我谈过那么多次恋爱，每次都以为自己是真心爱对方，也想结婚，可是……仔细想想，我从来没把那些男人和我的‘未来’联系在一起。”

她跟朋友倾诉心事，我不能不同意。

“我想结婚，为什么不能呢？以前我很纳闷，可是仔细想来，以前我并不是真想结婚。我一直都在努力得到自己想要的东西。我保持着本来的样子，按照自己想要的方式生活，我以为只要努力学习，努力工作，一切都会属于我。谁知恋爱、爱情，这些东西不受我的控制。我必须在某种程度上改变自我，让自己变得柔和，可是我又不想。‘如果我就这样呢？你还会跟我结婚吗？’也许我常常这样考验男人。”

无论什么事，只要没有放在第一位，那就不是真正想要的。脚上长了茧子，玛丽莲发着牢骚，却还是穿高跟鞋。她放弃了柔软而漂亮的脚，真正想要的是高跟鞋塑造出来的苗条身材。男人们想要的“可以结婚的安全女人”形象，她统统予以拒绝，只是嘴上说结婚，内心深处并不想。坦率地说，她不是那种只想和对方短暂交往的女人，她有着和对方共度未来的女人的美德。我知道。无须刻意营造，只要如实表现，她应该早就结婚了。这一点我和她都知道。

“若要得到自己想要的东西，首先必须妥协。我为什么只在工作的时候使用这个原理呢？真搞不懂。世间事莫不如此。以前我怎么会做出如此愚蠢的事情，白白浪费自己的人生？那么多次没有结果的恋爱，唯一的共同点就是'我'，可是我为什么没想到原因就在自己身上呢？”

听了这个问题，她朋友的回答让我永远无法忘记。

“喂，童话《青鸟》里的迪迪和麦迪为了寻找青鸟而历尽千辛万苦，最后却在自己家里找到了青鸟。你觉得他们付出的辛苦都是徒劳吗？因为苦难让他们改变了看世界的目光，变得成熟，这才能认出青鸟，找到青鸟。如果瞪着眼睛坐视不动，他们可能永远都找不到青鸟。人就是这样，必须到远方傻乎乎地空忙一场，才能发现身边的美好。”

听了这番智慧的话语，她的脸上恢复了笑容，心平气和地说：“是的。我意识到自己以前并不想结婚，所以我才能发现什么是自己真正想要的生活。将来，我要协调对方希望的样子和我能表现的样子，看看自己可以走到哪儿。我先付出切实的努力，如果实在不行，那我就改变方向，选择不结婚也能幸福的人生。”

理解了自己的心情之后，玛丽莲看起来无比轻松。这样的她更加可爱。

举行再就业咨询那天，上次找茬儿的老爷爷找她道谢。

“按照小姐您说的，我调整自己的心态，重新找到了工作。我想清楚了，我需要的不是冠冕堂皇的外表，只是工作而已。”

了解自己真正想要什么，对人类来说似乎远比想象中困难。无论有多么丰厚的资历，无论多大年纪，每个人都需要常常观察自己的内心，了解自己的内心，这是实现美好人生必不可少的努力。我再次明白了。

——你必须真正了解：什么让你宁愿放弃一切也要得到。

我把这句话刻进了准备告诉丽兹的信息目录。其实呢，我真正想要的是爱自己的主人，有朝一日能把我学到的人生秘诀告诉丽兹。也许人类太复杂了，无法保持像我这样单纯的心愿，所以才拥有那般多彩多姿的美丽。

结束冗长的致谢，老爷爷离开了。旁边等着办事的女人走向玛丽莲。

“您还好吧？”

多么熟悉的声音！我慌忙抬起头来。当我看到声音的主人的时候，我惊讶得差点儿昏厥。我从未忘记的第一任主人，我永远的初恋丽兹。谢天谢地，她比我离开时更健康了。不过，她好像还是处于经济困境。那么长时间，她似乎没再买新鞋，仍然穿着从前常穿的旧皮鞋。

“我们公司提供的教育项目怎么样？”

“你们那么忙，还要为我们的事奉献才华，我们当然只有感激。多亏你们帮忙，有几个人在IT公司找到了工作。”

丽兹忙着和玛丽莲讨论工作，我急切地呼唤。她没有听到。

“丽兹！丽兹！丽兹！”

哪怕目光稍微下移，看我一眼也好啊。我热切地盼望着，她始终没有看我。丽兹是那种从不关心别人鞋子的人，这让我无比伤心。我的丽兹和玛丽莲交谈了一会儿，递过几份资料，就匆匆离开了。我注视着她的背影，一秒钟也不想错过。

玛丽莲还以为我的眼泪是她的汗水，抽空把我脱下来，给脚通风。她正抓着穿脱起来很麻烦的我气喘吁吁，这时又有人朝她走来。

“好久不见。”

衣服变了，我没能马上认出来。但他分明就是那位公益勤务员。一身整洁的西装，脚上穿着锃亮的皮鞋。眼尖的我看出他外套领子上印着某著名公司的标志。她的脚套在我身上，样子很好笑。四目相对的瞬间，她呆住了。

勤务员似乎有了和某人共度未来的自信。在这停滞的画面里，我看到了满意的答案。现在，我终于可以放心了，也可以尽情地悲伤。

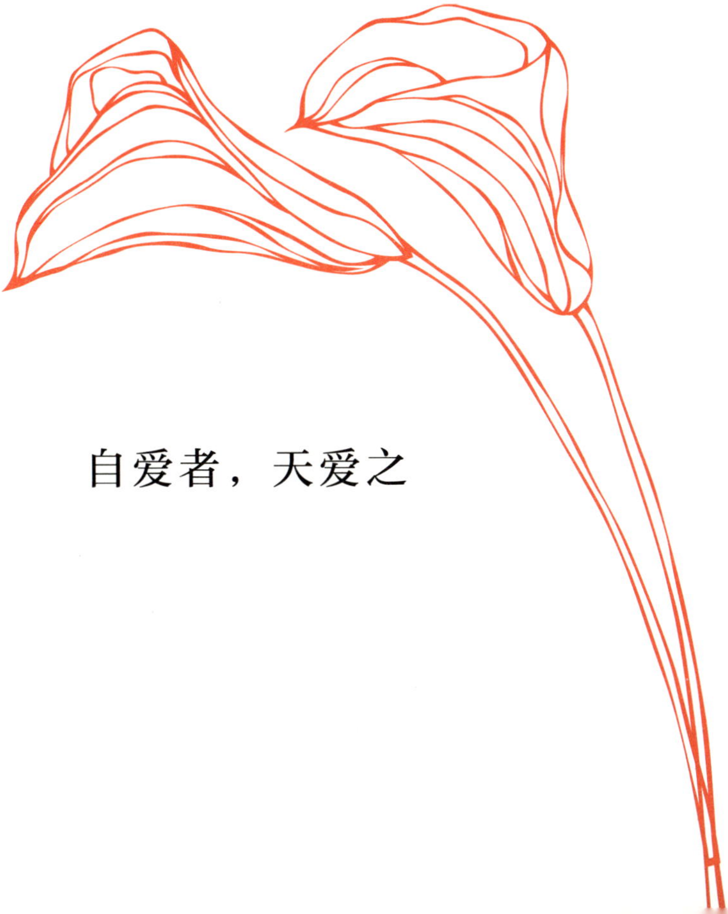

自爱者，天爱之

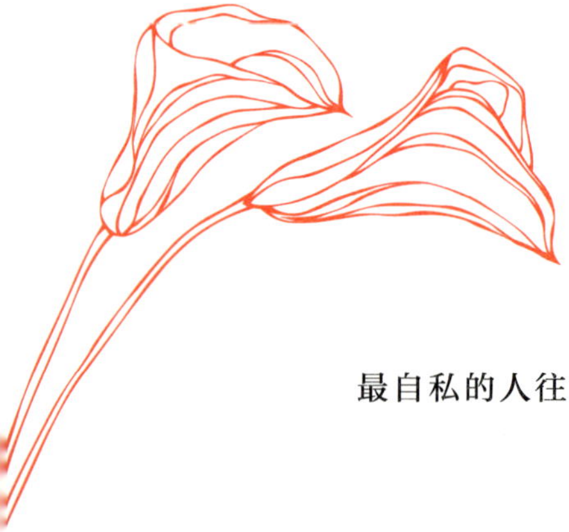

最自私的人往往

也是最恨自己的人。

女人从玛丽莲手里接过我，我没给她取名字。很不幸，我遇到了世界上心灵和脸蛋最丑陋的女人。

玛丽莲没有做错什么。她只是在和我结缘的37论坛发了这样的帖子：

> 转让帮我和现男友结缘的特别皮鞋。那天我穿着这双鞋子摔倒了，稀里糊涂扑进男友的怀抱，他说当时就认定了我。男友担心我再受伤，让我把这双皮鞋转出去，给我买低跟鞋。为了报答把这双皮鞋转让给我的人，我将以不可思议的低价出售。按照我得到这双皮鞋的方法，我会在通过留言讲述心事的朋友中选择最能打动我的那位，把鞋子转让给她。

渴望得到我的人们纷纷上传自己的经历，其中有一条很引人注目。她说自己患了白血病，渴望在最后一次生日派对上穿这双鞋。这是电视剧里才有的情节，谁会相信呢？但玛丽莲相信了。37论坛是封闭空间。她们素未谋面，也不是完全陌生。能与别人和谐相处的人们，首先会相信他人。没有信任就无法生存。吃东西的时候要相信厨师不会在食物里投毒；住在房子里首先要相信房子不会马上倒塌。谁会为了低价买鞋而诅咒自己呢？这份坚实的信任打动了玛丽莲的心。尽管她知道世界上生活着形形色色的人，然而信任和“知道”毕竟是两回事。

收到玛丽莲精心包装、写有“愿早日康复”的亲笔信，邪恶的女人立刻将其撕得粉碎。发生在她家里的事，我不愿仔细回忆。我甚至讨厌那个女人的皮肤碰到我。当她第一次穿着我外出的时候，我让她结结实实地摔了一跤，并扭伤了脚踝。

一条腿瘸了很久的女人破口大骂，说要把我撕碎。当然她也不舍得这样，因为我还能卖钱呢。她在网上到处发帖子，转让价格是购买时的三倍。

五个人想买我，她跟每个人都收了钱！

通过这个女人，我知道一个人如果不自爱，她的人生会有多么可怕。最自私的人往往也是最恨自己的人。

GRACE

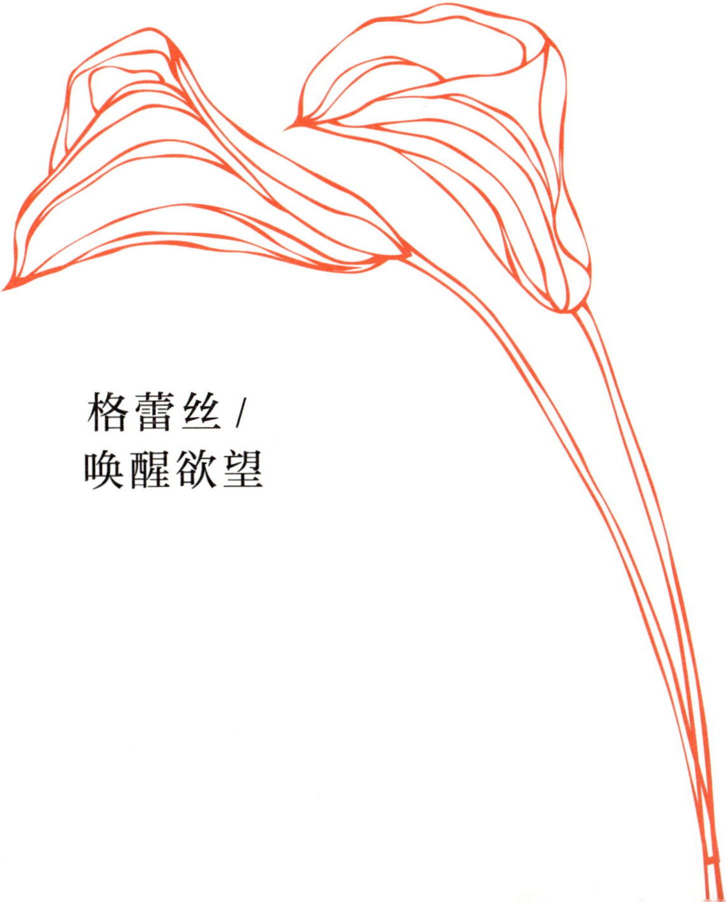

格蕾丝 /
唤醒欲望

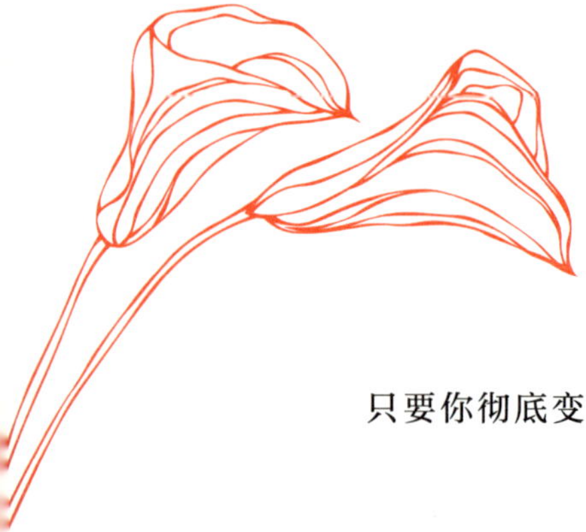

只要你彻底变成

欲望的主人，生活就会

站在你这边。

很长时间之后，新主人把沉睡的我从盒子里拿了出来。她是个身材纤细、身形修长的女人，手指、脖子、身体又细又长，仿佛很容易折断。穿着我站在镜子前，她能看到普通男人的头顶。这样的高个子令我吃惊，以前穿过我的女人还没有这么高的呢。高个子女人穿着像我这么高的皮鞋，本身就十分引人注目，所以她轻易不穿高跟鞋。

我来到她身边的原因很简单。因为只有她想要我。

她也被坏女人骗了皮鞋钱。打开快递盒，她看到的不是期待的皮鞋，而是一双破旧的男式运动鞋。人们通过网络买卖东西的时候，通常要发送一串号码证明货物已经发出，好让对方放心。坏女人随便发了别的东西，并让对方支付余款。受骗的五个人报了警，没过多久坏女人就被抓了。

另外四个人被荒唐的交易所累，只想拿回自己的钱，快点儿忘记这件事。只有我的新主人想得到心仪已久的皮鞋，于是我来到了这里。

新主人的美不是静态的外貌之美，而是动态的美，神情举止透着时尚和优雅。照片上看起来有些呆板，真正见到的时候，很容易喜欢上她。她是那种越看越有魅力、品位与生俱来的女人。我决定叫她格蕾丝。即使忽略从演员到王妃的灰姑娘传奇，格蕾丝·凯利在电影里也洋溢出无比高雅的魅力。看到她，我很难不想起格蕾丝·凯利。

她穿上我，换上刚刚收到的衣服。听到衣帽间外面的声音，她吓了一跳，连忙脱下我，冲了出去。门敞开一条缝，声音更清晰地传进来。我仔细听，原来是孩子的哭声。

格蕾丝身材纤细，很难相信她生过孩子，但她其实已经是两个孩子的母亲了。

“对不起，在孩子们长大之前，我不想做别的事……是的……谢谢您打电话给我。”

为了让孩子们安静下来，隔壁的姐姐临时把孩子们关在房间里。格蕾丝刚打完电话就把孩子们带回客厅。孩子们偏偏在衣帽间里捉迷藏。时间很短，我却不得不承受巨大的骚动。格蕾丝的两个儿子分别是 6 岁和 1 岁，再加上隔壁姐姐的 5 岁女儿，三个孩子翻出了所有的衣服和鞋子。孩子们出去的时候没关门，我能听到他们的对话。

“他说什么？那个总让你上班的前任上司？”

“嗯，他让我工作，哪怕合同工也好。我怎么能放下刚会走路的老二去上班呢？”

“孩子当然重要，不过你还是认真考虑考虑吧。我刚辞职那段时间，也经常接到让我出去工作的电话，可是一到40岁，再也没有人找我了。你现在36岁吧？如果错过机会，就算你有资历，精通三国语言，恐怕也只能做超市收银员了。”

听了隔壁姐姐直截了当的劝告，她轻轻地叹了口气，说道：“我告诉过你吧？那些年我忙着工作，什么都顾不上，结果老大出现了发育迟缓症状。3岁了还只会叫爸爸妈妈，不会跟同龄的孩子相处，在幼儿园里也总是郁郁寡欢。想到这些，我现在还心痛呢。有一天，堂侄看到我家老大，好奇地问，‘婶婶，他是傻子吗？为什么不会说话啊？’听到这句话，我当时就写了辞职信。我拼命努力了三年，老大总算恢复正常，难道我让老二也经历这种事吗？”

这样说的时候，她的心里仿佛有什么在涌动，声音渐渐安静。隔壁姐姐似乎不想再刺激她，安慰说：“是啊，我知道。一边工作一边带孩子的女人，谁都有类似的不舍。我之所以劝你重新出去工作，也是因为我了解你的能力和性格。不管工作还是别的事，你都不是宅在家里的性格。如果你不工作，待在家里，我当然高兴了。你要是上了班，我还会无聊呢，到时候怎么办啊？”

老二摔倒哭了，她们的对话到此为止。孩子的哭声像警笛似的蔓延开来。这时，门铃响了。楼下提出抗议，让孩子们安静点儿。

看来在这个家里，谈话很难超过 5 分钟。我有种不祥的预感，恐怕出门见世面的愿望是无法实现了。

和格蕾丝相处日久，我似乎明白别人为什么说她适合工作了。在我见过的女人中，只有她适合“完美主义”、“绩效主义”的定义。无论是孩子们的学习，还是吃饭穿衣，她都慎之又慎。要是看不到结果，她就像开会寻找对策似的尝试各种方法。比如，为了给老大找到合适的韩语老师，她先后换了三次，直到满意为止。

“韩语教育已经很成体系了，只要老师没什么特别的问题，都差不多……”

隔壁姐姐这样说完，又补充说：“你活得真累。”即使不用她说，我也能看出她很挑剔。

不知是不是因为完美主义，她的家庭也运行得无懈可击。两个没有自控力的男孩不停地跑来跑去，家里依然整洁明亮。

她二十五六岁的时候在公司里认识了丈夫。他的外貌要比同龄中年男人更利落，对家人也很体贴。曾经发育迟缓的老大快活健康，出生仅 14 个月的老二也可爱至极。幼小的生命体和 12 厘米的高跟鞋原本毫不相干，没想到的是，这个大脑袋、短胳膊短腿的小人儿竟然具有让我微笑的力量。也许正因为有了这种力量，他们才能在毫无生产力的情况下生存吧。从这个角度来说，他们和追求美丽的我似乎有共同之处。

面对自己选择、自己创建的小小王国，格蕾丝经常像念咒似的说“幸福”，好像也没有人对此提出异议。我被关闭在衣帽间的隔板上睡觉，当然不了解详细情况。

她偶尔会把我拿出来，用抹布擦拭我身上的尘土，然后久久地盯着我看。我猜不出她的目光意味着什么。

不知从哪天开始，我离开衣帽间，被转移到了玄关门前。格蕾丝有空就穿上我，做出外出的样子，却又从来没有真正出门。只要她站在门前，老二就哭着跑过来，扑进她的怀抱。她从来没有彻底系上我的鞋带扣。我猜测她把我放在外面，只是为了在准备出门的时候能看到我。

通过观察，我发现她的日常生活和道听途说来的截然不同。幸福并不意味着生活里没有痛苦，年幼的孩子可爱也不意味着照顾起来容易。丈夫上班，老大上幼儿园了，赶在老二睡醒之前，她以最快的速度打扫卫生。如果正巧孩子醒了，走出房间，她就要照顾孩子了。蹒跚学步的孩子，除了睡觉时间，随时都做好了闯祸的准备。陪伴这样的孩子，一分钟的休息时间都不可能。孩子抓起餐桌上的碗，砸伤自己的头，这种事会发生在不到一秒钟的瞬间。明明是动作缓慢而笨拙的孩子，闯起祸来却爆发力十足，像捕食的野兽。真是太神奇了。

最让我受刺激的是，格蕾丝无法正常吃饭。我的前主人们各有各的苦衷，不过都能用美食安慰疲惫的身体和心灵。她却不能。只能趁着喂孩子吃辅食和零食的时候，往自己嘴里塞无味的食物，或者把匆忙做好的糟糕食物放在孩子够不着的餐桌或料理台上，自己站着吃饭。这比她打开卫生间的门，盯着孩子的眼睛方便更让人心疼。每天只能正式吃一顿饭，那就是丈夫下班回来，短暂地照顾孩子的时候。

我似乎明白她为什么经常和隔壁姐姐、邻居妈妈们在一起了。成为孩子的监护人是艰苦而又无聊的事。说不上很忙，但就是什么也做不了。从很多方面来看，两个大人照顾两个孩子，比一个大人照顾一个孩子容易得多。

曾经有个后辈问她：“还是在家照顾孩子好，不是吗?”她这样回答：“不管多么差劲的上司，都比孩子容易沟通。”

有一次，孩子打开客厅抽屉，翻出了各种杂物。放在平时，她会阻止孩子，不过当时她很累，就没有理会。她骨碌躺下，静静地看着孩子把整个客厅变成垃圾场。起先我担心她是不是有什么问题，后来我明白了。她想利用孩子翻抽屉的十几分钟让自己休息。至少在这段时间，孩子不会碰危险的东西，也不会缠着妈妈陪他玩儿。

下午，老大从幼儿园回家，家里会变得更吵闹。她反而感觉轻松。因为老二不再缠着妈妈，而是缠着哥哥。为了发育迟缓、交不到朋友的老大生了老二，没想到老大反过来帮了她的忙。

天气渐渐变暖，格蕾丝开始带着孩子外出。说是外出，其实也就是推着婴儿车在小区散步，或者去游乐场，或者在咖啡厅里喝咖啡。即便这种简单的外出，她也不会随便选择衣服和鞋子。她在门前穿好鞋，照着镜子，看起来自然而舒适，却与在家里判若两人。后来我才知道，原来妈妈们之间也有流行款式。低跟舒适的短靴、大而轻便的背包、宽松的 T 恤和裤子等，表面看来很普通，却有当下最时髦的款式和品牌。照顾孩子又是很孤独的事。为了融入社会而带孩子出门的女人们，不想让自己显得狼狈，又不想让人觉得自己过于重视打扮。明明知道没有人在意孩子妈妈的鞋子或背包，然而处在妈妈们中间的她还是很注重自己的形象。处境相似的女人们也不例外。格蕾丝现在穿的平底鞋是在 37 论坛参加海外团购，一个月才收到的。挂在婴儿车扶手上的高档名牌背包也是多次断货的款式，好不容易才买到。

她不想在任何人面前表现出怯懦，尽量打扮得完美再推着婴儿车出门。希望她能在外出期间感受到片刻的解放。

格蕾丝的丈夫是很好的男人。为家庭努力工作，认可她放弃工作、选择照顾孩子的辛苦，每逢周末也愿意照顾孩子，帮她做家务。问题在于他“仅仅是愿意”而已。

那天，丈夫喝了整夜的酒，倒在沙发上睡觉，睡了整整一上午，吃午饭的时候已经很晚了。吃过午饭，丈夫说陪孩子们玩，说完不到10分钟又睡着了。她原以为不用被孩子纠缠，可以放心洗碗，不料孩子又缠在两腿间了。她低头看了看孩子，不由得叹了口气。

前不久，丈夫刚刚升职，昨天夜里的暴饮是为了庆祝喜事，只是稍稍过度而已，所以应该理解丈夫。她自言自语，调整自己的心情。

她打开动画片，转移孩子们的注意力。终于洗完碗了，丈夫的手机轻轻发出几声震动音。有人发来了短信。经常有人因为公司里的急事找他，于是她替丈夫看了短信。

看完短信，脸微妙地僵住了，她陷入了沉思。孩子们坐在丈夫的身上捣乱，他很不耐烦地坐起来，睡眼惺忪的样子。格蕾丝问他："发这条短信的女人是谁？"

"啊，这个？计算机组的组长。"

"你们俩什么关系，怎么周末发这种短信？"

丈夫用毫不在乎的语气回答说："当然什么关系都没有了。我们分在同一个工作组，工作了一年多，昨天一起聚餐。短信内容也没什么特别之处啊，你这么敏感做什么？'昨天你喝醉了，平安到家了没有？'这种话说说也无妨吧？"

"后面的话你怎么不说？'你喝得太多了，我把你送回家的，还记得吗？你喝醉酒的样子好可爱。昨天很开心……'同为女人，我觉得这不是随随便便跟普通同事说的话。"

听了格蕾丝的话，丈夫因宿醉引发的头痛似乎更严重了。他抓了抓头发，又躺了下去。

"哎哟，我不知道。不管那个女人说什么，我都没兴趣，这还不行吗？”

夫妻间的对话没有继续进行。格蕾丝静静地抱着哭闹的孩子。我轻而易举地读懂了她的心。

两人曾在同一家公司上班，她是丈夫的顶头上司。这些年，她和孩子们生活在停滞的时间里。此时此刻，她终于变成了嫉妒走到自己前面的丈夫、拖丈夫后腿的妻子。

她选择了自己的人生路，从来没有后悔。然而走在这条路上，她并没有多少心满意足的感觉。或许这就是人生吧。那天，难以言传的心情久久地折磨着格蕾丝。她感到悲伤，看上去很疲惫。

“明天是你的生日吧？”

丈夫从来不会错过纪念日。临上班前，他站在门口，声音爽朗地对格蕾丝说：“有没有想要的东西？我们去逛商场吧。衣服也好，背包也好，想买什么就买什么。好久没带孩子们出去吃饭了，我们找一家东西好吃的西餐厅吧。”

最近，她忧郁了许多。丈夫似乎察觉到了，显得格外快活。她的声音和丈夫形成了鲜明的对比，她摇着头，低沉地说：“不，我不想。你满足我一个心愿吧。”

不要礼物，也不要外出就餐，她的心愿是什么呢？丈夫紧张地等着妻子接下来的话。

“那天让我一个人待会儿。”

她早早起床，走出卧室。为了不吵醒丈夫和孩子们，她缓慢而轻巧地移动着脚步，身影在黎明的曙光里若隐若现。过了好长时间，她才穿着外套出来。玄关灯感知到她的动静，亮了。灯光映出她华美的身影。化妆，戴上珠宝首饰，她显得年轻多了，也更优雅了。出人意料的是，她放弃了平时常穿的平底鞋，穿上了我。她蹑手蹑脚地走出家门，努力不让鞋跟发出“咔嗒”声。昨天好像听她丈夫说请了月假。她还告诉了丈夫，老大幼儿园班车的到达时间和地点，以及怎样热老二的辅食。

今天是她的生日，她打算彻底单过。

昨天丈夫好像被她的要求伤了心。他再三追问，我们真的那么讨厌吗？你甚至把生日当天不见家人当成了礼物。他怎么也不能理解，不过还是满足了她的心愿。看来她还是被爱的……这是我的感觉。

还没到工薪族上班的时间，格蕾丝在早餐店买了烤面包，喝着咖啡，认真地在笔记本上写着什么。偶尔拿出手机搜索信息，偶尔打电话问经营时间，然后记下来。她在计划这一天如何度过。陪伴孩子们的时候，她也常常是幸福满满，只是我从没见过她像现在这样生机勃勃。我想起以前听她这样描述自己，“我是喜欢做计划的类型”。她喜欢制订目标并且为之努力，享受目标实现后的成就感。这样的人能在三年里专心照顾孩子，已经近于奇迹了。因为据我观察，孩子的成长并非依照监护人的计划，而是遵从造物主的计划表。其实在养孩子这件事上，人类连吃喝拉撒这些最基本的事都无法按照自己的意志和计划去做。

久违的闲暇早晨，终于迎来完全属于自己的一天。她的脸闪闪发光，一如那些心里亮着灯的女人。

格蕾丝首先选择了美术馆，而我是第一次来。她找了个人少的安静地方。只有几个人尽情欣赏画作，也不需要看别人的脸色。我以前只在电视上见过美术馆，的确比我想象中更漂亮。这里连空气都是安静的，甚至听得见人们小心翼翼的脚步声。我看到了著名画家举办画展的广告，格蕾丝好像很讨厌喧闹的场所。坦率地说，我就是以虚张声势为目的的皮鞋，这么说或许有些夸张。她似乎正从美术馆的绘画里吸收色彩斑斓的能量，为自己充电，而我也感受到了这种气流。每天和只会原始地利用头脑的两个小人儿相处，她非常渴望和高层次的头脑交流。站在满意的画作前，她深深地呼吸，不停地眨眼，仿佛要把画作吃掉。

走出美术馆，她在笔记本的目录上做了标记，然后赶往下一个目的地。上午在美术馆度过，现在该去吃午餐了。她走进一家安安静静的餐厅，怎么看都不像孩子可以出入的地方。

“12点钟，一个人，您看下预约记录好吗？”

也许是著名餐厅的缘故，几乎每张餐桌上都放着预约标牌。她被带到最好的靠窗位置，点了牛排，慢慢享用。我以前的主人们都不喜欢独自在餐厅吃饭，然而格蕾丝好像很享受一个人用餐。如此专注地吃东西，仿佛全世界只有她和眼前的美食。

她填饱了肚子，整个下午就在小咖啡厅、店铺和韩屋[①]云集的窄巷里散步，时而留心观察脚下地砖缝里长出的杂草，时而抚摸韩屋的砖墙。有时也在露天店里买便宜而没用的东西，并为此开心不已。尽管没做什么了不起的事，一天的时间还是很快就流逝了。

最后，她去了离家不远的小咖啡厅。以前和隔壁姐姐聊天的时候想去，只是苦于没有机会。“这种地方不能推着婴儿车进去吧？”傍晚的阳光深深地照射进来，咖啡厅里没有客人。她坐在靠窗的位置，从背包里拿出准备好的书。现在该点咖啡了。菜单上有很多连名称都很难读的咖啡，她迟疑不决。这时，看似老板的30来岁的青年微笑着走了过来。

---

① 韩屋是一种韩国传统建筑，指用树木、泥、石、稻草和纸按照特定结构建成的房屋。——编者注

“这位女士，我给您介绍一下我们的咖啡好吗？”

青年的态度郑重而利落，言简意赅地介绍了咖啡的种类和特征，询问了她的爱好，然后推荐了一两种咖啡。从未闻过的咖啡香弥漫在小小的咖啡厅。我看出格蕾丝在隔着柜台看厨房里的老板。老板正挽起衬衫的袖子倒咖啡，身上洋溢着健康的年轻男子特有的美好气息。格蕾丝常说“我每天遇到的大人只有快递大叔和小区保安”。久违的年轻帅哥的轮廓刺激着她，她失神了，终于闯了祸。她把咖啡放到嘴边，却没想到咖啡那么烫，慌忙扔掉了杯子。杯子掉在餐桌上面，咖啡流下来，烫着了她的脚背。她和我同时尖叫。受惊的老板急忙拿来冷水浸过的毛巾，帮她擦脚。

“没事吧？要不要脱下鞋子看看？”

她首先感到的不是疼痛，而是无以言表的情绪，只能用“丢脸”这种词语形容。她不得不脱掉我。老板用冷毛巾包住她轻微烫伤的脚，静静地按了几秒钟。短暂的时间也足以让人窒息。她的脸有多红，只有我能看到。老板去厨房拿来新毛巾，重新给她倒了咖啡。

“哎呀，不用了。明明是我失手，您还给我重新倒了咖啡……”

“您在我们家受伤，我很抱歉。如果您还没讨厌咖啡，那就一边休息一边品尝吧。我们的咖啡味道很好的。”

她小心翼翼地喝着咖啡，看书。如果不翻书页、眼睛总是偷偷看向别处也算“读书”的话。

这个奇怪的生日过后，格蕾丝发生了微妙的变化。也说不清是什么变化，只是感觉她和以前不同了。更爱笑，更有活力，还经常在家里放音乐，这在以前从来没有过。她听的主要是清新的爱情歌曲。只要有时间，她就像沉浸其中似的做出时间停止的表情。照镜子的时间也多了。无所事事地凑在镜子前照来照去，为小小的斑点痛苦不堪，冲动地购买昂贵的化妆品，周末把孩子交给丈夫，自己去美容院。她的确越来越漂亮了。

直到现在，我依然不知道什么是幸福。不过我知道，这种莫名其妙的状态被她称为幸福。

周末下午，醉人的天气让人无法忍受宅在室内的生活。格蕾丝又穿上我出门了。她的衣服也不是“年轻貌美的主妇在小区活动时的高品位休闲服”，而是有重要约会才穿的优雅服饰。她走进了年轻老板经营的咖啡厅。和上次不同的是，这回她熟练地点了咖啡，拿出书，然后不时地抬头看窗外，用眼角的余光看老板。我猜她在生日之后还到这里来过几次。每天推着婴儿车散步的时候，也要故意经过咖啡厅门口。不一会儿，老板送来咖啡，跟她打招呼，还赠送了饼干。她的笑容如鲜花盛开。那个瞬间，我能想象到她 20 岁时的面孔。

这究竟算什么呢?

看到她这样，我很困惑，不过仅此而已。她只是点咖啡，从来不和老板说话，也不像诱惑异性的女人那样向对方抛洒露骨的眼神。她坐在那儿喝咖啡，看书，一个小时以后回家。

从那之后，我每周都和她出去喝一次咖啡。她做的事情每次都一样，点咖啡，适当偷窥老板，读书。

喝咖啡成了我外出的唯一机会。几个月后，我的心情也放松了，不再去想她究竟想得到什么。我也要享受美好的天气和香浓的咖啡，还有英俊老板倒咖啡时的如画风景。

格蕾丝的大儿子学会了读书写字，老二也摘掉了纸尿裤。

像以往的周末午后那样，她把孩子交给丈夫，独自朝咖啡厅走去。突然我感觉她的脚步停了下来。咖啡厅正在施工。招牌已经摘下来了，室内空空如也。她的心跳加速了。

“师傅，这个咖啡厅不会是关门了吧？重新装修吗？”

“这个嘛，我也不太了解，听说要开寿司店。”

她无力地转过身，却迟迟不肯离去。她像个迷路的人，空虚的视线四处游移，仿佛在等待脑海里浮现出某种思绪。

她徘徊良久，似乎又不想直接回家，就在外卖店买来热咖啡，去了附近的公园。散了会儿步，她感觉脚不舒服，在树荫下的长椅上坐下了。她喝着咖啡，看着周末出来散步的人们。这时，背包里的手机传来了震动音。

“你怎么给我打电话了？你不是说带着三个孩子，还要准备搬家，灵魂都碎了，短期内不要指望和你联系了吗？”

“我是想这样的，可是不能不打电话啊。你知道我收拾东西的时候发现了什么吗？你们两口子恋爱时的照片！还有我和我前男友，我们四个人出去玩的时候拍的照片。我冲洗出来了，还没有给你。可能当时我和那个臭小子闹分手，没心思给你照片吧。那时候还没有智能手机。你们的照片应该很珍贵，先发几张给你看看吧。”

随后，手机发出几声传送音。朋友先用手机拍下照片，然后发给她。接收完照片一看，她的脸上立刻流露出奇妙的神情。

我第一次和格蕾丝的丈夫一起出门，倒也没什么特别的仪式。以前她和丈夫出门的时候，从来没穿过我。孩子们托付给来串门的娘家亲戚，她带着丈夫出门。

陪着丈夫走在从前独自走过的寂静巷子里，她温柔地挽起了丈夫的胳膊。

“因为我的敏感，这些日子你很辛苦吧？可能是因为太累了。我也不知道自己到底为什么这样。从前在公司上班的时候，我经常制订计划、目标，然后努力实现。我喜欢这样，喜欢明确地知道自己想做什么，想要什么。这应该叫作欲望吗？可是抛弃自己，只为孩子们而活，结果使我失去了欲望。自己的欲望消失了，我只能通过你和孩子们投射自己的欲望……这好像就是我喘不过气来的理由。”

我敢拿全部财产做担保，她的这番话，丈夫最多能理解三成。尽管如此，他还是很开心。虽说不知道为什么，不过她毕竟克服了痛苦的内在根源，一切都会好起来。这就够了，不是吗？他也就能理解这些。她明明知道，却还是继续说了下去："我看到你 20 多岁的照片，真的好帅，跟现在判若两人。那时候的你就是我欲望的对象，这个事实我已经遗忘很久。想起当初的感情，看你的眼光都不一样了。兴奋的同时也感到愧疚，不过以后不会再这样了。"

正如我猜测的那样，照片上年轻时的丈夫和咖啡厅老板很像。当她意识到这点的时候，她才真正认清自己。

"哇！这么说，你现在对我有欲望了？我太期待了！"

面对丈夫的片面解读，她只是笑笑而已。除此之外，还能怎样呢？

她拉着丈夫的手，感觉到了丈夫愉悦的心跳。我预感到自己快要和她告别了。她需要的不是欲望的对象，而是欲望本身。作为皮鞋，我诞生于女人们的欲望，我的用途就在于此。她理解了自己的欲望，也就意味着不再需要我了。

很多人都有误解。其实呢，没有欲望的人生并非完全得到满足的完美人生，而是感觉到自己活着。正如从只对自己有欲望的女人身上，我们感受到的不是挫折，而是生机。如果人的欲望能够英明到控制自己的方向和程度，无疑会成为人生幸福最必要的条件。

我感觉有些凄凉，同时也很安心。经过这次相遇，我也得到了一句值得告诉我的丽兹的话：

——只要你彻底变成欲望的主人，生活就会站在你这边。

格蕾丝很长时间都没穿我了，一直让我埋没在玄关门前。这次她在37论坛接触到了重要的信息。广受女人欢迎的某品牌开始了十年不遇的大促销。这次促销活动在总公司卖场举行。如果运气好，可以花十分之一的价格买到心仪的皮鞋。促销日只有一天是周末，格蕾丝穿上平底鞋，大清早就准备冲出门去。她迟疑片刻，看了看我。

“既然要买最高档品牌的皮鞋，难道不该穿一双更有底气的鞋子吗？”

她换上我，去了卖场。我第一次通过她的脚感觉到她激烈的心跳。这就是她寻找已久的“欲望”吧。于是我也知道，女人过了一定时期，更让她们心动的是“跳楼大甩卖”之类的促销广告，而不再是男人。

好不容易抽出时间赶到卖场，结果却令她大失所望。很多促销皮鞋在活动第一天就卖光了，只剩下既不便宜也不让人满意的库存货，堆得像小山那么高。她有点儿失望，裹挟在巨大的皮鞋洪水中寻找合适的鞋子，转来转去的兴奋感已经令她满足。

格蕾丝准备空手而归了。正在这时，她踩到了和她同时出门的同龄女人的脚。

“哎呀，对不起！没事吧？”

她担心女人会被我近似于凶器的鞋跟踩成重伤，幸好女人说没事。她的视线集中到了女人的鞋子上——一双轻巧的黑色短靴。

“您是……37码……”

不一会儿，两个女人坐在附近的咖啡厅里交谈起来。

“这双艾米丽限量版短靴，只有在我们论坛里才能买到吧？实物比照片更漂亮。我也提出了申请，可惜排名靠后，只能放弃了。我怀着试试看的心情，像暗号似的问了一句，没想到您真是37论坛会员。”

“我也吓了一跳，没想到您就是经常在论坛见到的‘又是皮鞋’。”

“这次促销活动不太满意，这么走了还有点儿可惜，正好见到‘性感女人’。真的好神奇，也好开心。今天您要来买什么鞋？”

“搭配礼服的高跟鞋。我要去旅行，途中有个地方需要穿正装。我平时都是这种打扮，哪有拿得出手的正装皮鞋啊。礼服还可以在网上买，皮鞋总要试穿才行吧。您现在穿的这种漂亮皮鞋，我就不指望了，只想找一双看得过去的鞋，没想到这么难。”

“是吗？我恰恰相反，我想找一双合适的短靴……”

突然，格蕾丝似乎想起了什么。她拉过椅子，小心翼翼地说：“那么，我们换着穿怎么样？”

“什么？我当然高兴，不过，您是不是太吃亏了？那双鞋一百多万呢。”

“刚上市是这个价格，现在折扣幅度很大，没那么贵了。再说我也穿了很多次，已经旧了。那双短靴是我很想要的。我们的鞋码也一样，难道这不是命运的安排吗？只要我愿意，就能成交，对吧？”

女人用迷离的目光望着我。格蕾丝把我脱下来递给女人，说道："其实……以前我看过'性感女人'上传的事由，不过很快就删除了。这双皮鞋我真的很爱惜。我相信'性感女人'也会像我一样爱惜它，好好穿。不知这话该不该说，我希望你穿上这双鞋度过愉快的旅行，也希望你能振作起来。"

于是，我又跟随新主人去了陌生的地方。

AUDREY

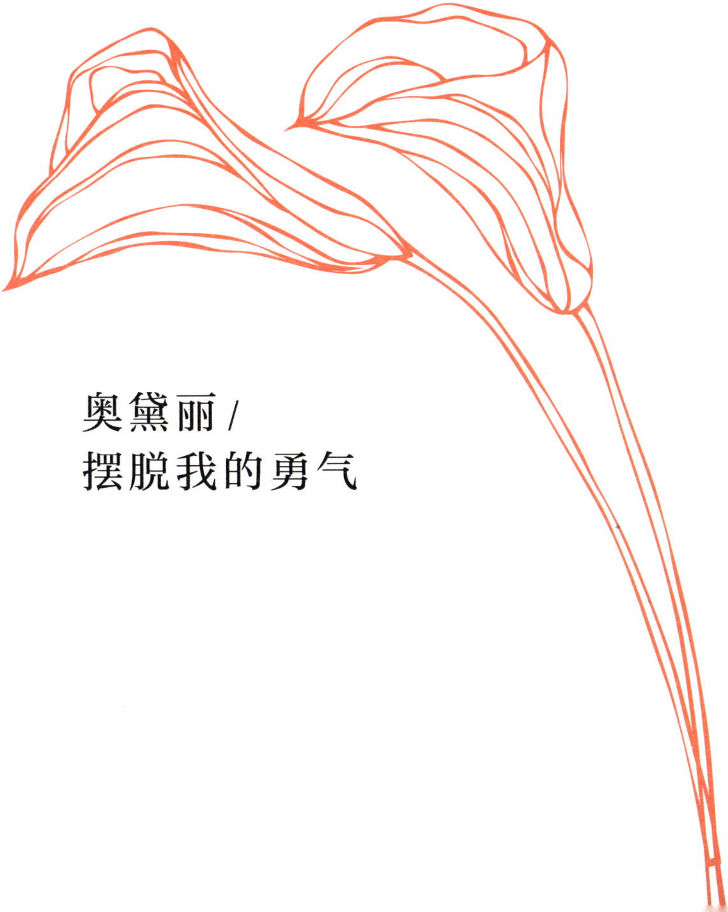

奥黛丽/
摆脱我的勇气

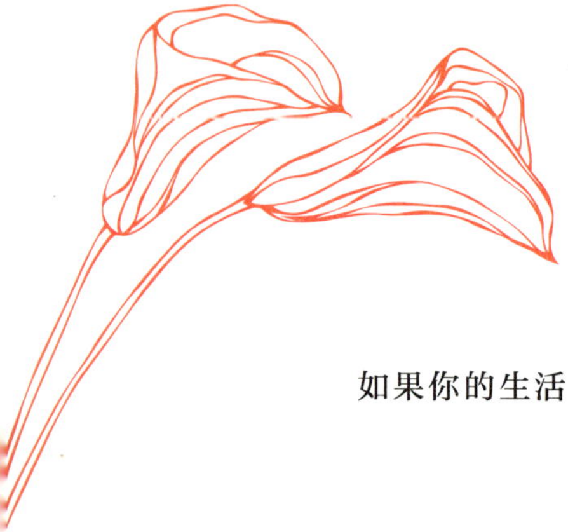

如果你的生活出现了问题，

你却不知道原因，那么请你

问自己，是不是缺少勇气。

新主人把鞋子换成我，告别格蕾丝，然后就直接回家了。也难怪，这个时候没法去别的地方。我敢发誓，她是全国最不擅长穿高跟鞋的女人。踩着细高的鞋跟，她怎么也把持不住重心，颤巍巍地迈着脚步。我也是惴惴不安，生怕让初次谋面的主人崴了脚。这种情况完全可以打车，她却固执地乘坐地铁，总算到家了。

她在玄关脱下我的时候，那种表情恐怕我永远也不会忘记，像刚刚出狱的囚犯，浑身散发出被解放的感觉。看她这个样子，我很绝望："以后再也不能出去看世界了。"

出乎意料的是，她竟然拿着我进了她自己的房间。即使有单独的衣帽间，也没有人刚从外面回来就直接把我带进房间，而她带我走进的还不是衣帽间，竟然是她自己的卧室。她把我放在挂钩下面，挂钩上只有为数不多的几件衣服。我的身旁还有两三双平底鞋。如果这就是全部的话，恐怕她会创下全国拥有鞋子数量最少的女人的新纪录。真不知道她怎么也会成为37论坛的热血会员，那里可都是痴迷皮鞋的女人啊。

房间里什么都有，即使不出门，大部分事情也可以做。床和电脑自不必说，这里有简单的食物和咖啡壶、水果刀和托盘，甚至还有个小冰箱。我以为她只租了这个房子的一间。后来得知她和父母同住，我很吃惊。

“Welcome to my world！（欢迎来到我的世界。）也许这地方不适合像你这样的皮鞋，不过我们还是好好相处吧。”

我惊讶得差点儿昏厥。她盯着我这边，与我四目相对，的确是在和我说话。

经过了解，我知道她经常和物品说话，或者自言自语，应该是个神经不太正常的女人。据说某部香港老电影的主人公（恰好由她喜欢的演员饰演）经常和衣服、香皂说话，看完电影后她也开始模仿，还说这是以痛苦而美丽的方式表达人类的孤独。不论动机如何，人类直接和我对话，对我这双有着强烈好奇心的皮鞋来说都是很开心的事情。

“美女，姐姐要发个帖子，炫耀一下。我给你拍张漂亮的照片，你就保持这个姿势。”

她嘴里叼着炸鸡腿，说道。她拍照上传到37论坛，向格蕾丝致谢。很快就有很多人留言。

“‘性感女人’中大奖了，祝贺你。”

“哇！‘又是皮鞋’好大方啊，拿奢侈品牌皮鞋换艾米丽短靴！好羡慕。”

“论坛里的活跃分子还能碰到这等好事。我们论坛的成员之间情义深重，真好。”

她几乎从不出门，也不和人打交道，好像只在37论坛里才有人认识她。她每天都会发几次照片和信息，努力不让别人忘记自己。

她的房间里没有什么是无用之物，我没有猜到用途的东西只有一样，那就是贴在墙上的奥黛丽·赫本的照片。娇小玲珑而风度翩翩、与众不同的脸蛋，我感觉那照片好像窗户，它与人类的生存没有直接关系，却能让阳光和空气进出，使人们得以呼吸。我看得出来，奥黛丽·赫本就是她的阳光和空气。我曾听说，人会和真心喜欢的人越来越像。赫本也是我最喜欢的演员，起先我不愿承认，现在我不能否认，新主人真的和奥黛丽·赫本很像。尤其是短发下的细长脖子、长而浓密的睫毛，以及笑的时候利落翘起的嘴角。相识几天之后，我终于管新主人叫奥黛丽了。

“姐姐其实是无业游民，不过还是能赚点儿钱的，厉害吧？”

奥黛丽一边忙碌地敲打着键盘，一边说道。我想睡觉，可是她每天都要纠缠着我，说话直到凌晨，我都不能好好休息。我曾经听说，如果人类放任自己按照固有的身体节奏生活，就会严重晚睡晚起。她是活生生的证明。别人上床睡觉的时候，她开始工作；别人准备上班了她才睡觉。

自从被她的生活节奏同化以后，我就能看到她面前的电脑屏幕了。奥黛丽没谈过恋爱，她的形象很容易让人联想到“少女”，而不是“女人”，然而她的论坛昵称为什么是“性感女人”呢？这个疑惑很自然地解开了。原来她在网上出售19岁以下青少年禁买的物品。我以前对人类的交合和繁殖问题毫无兴趣，也觉得没必要关注。不过在她身边，我积累了很多关于避孕套的用途和美感方面的不必要的知识。

“这是新上市的产品，带夜光，香蕉味。要是有花纹就更好了。不过呢，如果功能太多，价格也会上涨，岂不是很难办……这种形状戴起来很不舒服，可是价格为什么这么贵呢？这种完全是品牌价格，我不要进这种货……这个这么薄，怎么那么结实？艺术啊，简直是艺术！必须强烈推荐。”

我感叹于她广阔深邃的专业知识。后来得知她自己从来没用过这种东西，我更加震惊了。

“以前我在书上看过，世界上除了异性恋和同性恋之外，还有无性恋者。无论男人、女人，还是两者合二为一，都感觉不到性的魅力。我可能就是这种无性恋者。”

酷似奥黛丽·赫本的她竟然得不到爱情……这和最大限度带给人们美丽，却在房间角落里放置好几周的性感皮鞋的处境一样令人悲伤。我不能不心生疑问：不和人们打交道，又怎么知道自己无法爱上他们呢？

奥黛丽30多岁了，从来没有真正和人打过交道。高中毕业后她尝试了几样工作，都不适应，于是又去读大学。尽管拿到了大学毕业证，然而人生的大门还是没有顺利开启。工作很难找，经过几次失败，年龄就大了。哪怕连工作累、赚钱少的机会都得不到。

“年纪这么大，还是未婚，要是你马上结婚、怀孕，岂不是耽误工作？”

听到面试官问这样的问题，她非常自信地回答：“不会发生这种事情。我不喜欢男人，所以不会结婚或怀孕。”

不过，面试官只是努力掩饰自己的惊讶，莞尔一笑。最终她也没能收到录用通知。

“我觉得，面试阶段就把我淘汰掉的人也许都很有眼光。我讨厌人类，尤其是男人。他们都以自我为中心，很难沟通，身上还有异味。当然，我也不是很喜欢女人。只要交情稍微深点儿，她们就会把人折磨得疲惫不堪。还有比不喜欢和人打交道的职场人更没用的废物吗？那些人看出我是什么人，所以回避我。”

得不到爱的人却来出售爱情用具，表面看来似乎很矛盾，不过根据我在旁边观察的结果，似乎没有比这更适合她的工作了。网上的卖家经常因为顾客的挑剔和自私而头疼，有打电话骂人的，有无缘无故要求退款的。很多卖家和这样的顾客发生争执，不堪其苦，最后只能放弃。但是，网购避孕套的人都很不愿暴露自己。有的不写真名，有的输入错误的电话号码，还有人请求不要送到家里，而是放在保安室。包装完好，不能暴露里面是什么东西，这是最基本的要求。他们千方百计隐藏自己，很少暴露自己的联系方式，更不会骚扰她。只要把货物如数寄走，就不会发生争执。这些年来，她从未暴露过自己是女人的事实。

奥黛丽很少外出。别说家门，甚至都很少离开房间。因为薇薇安患有恐惧症，我听说了广场恐惧症和自闭症等特殊疾病，不过奥黛丽也不像患有这些疾病的样子。只有碰上特殊的事情，她才会出门，而特殊的事情很少发生。仅此而已。

奥黛丽很讨厌唠叨。父母都像对待易碎的玻璃杯似的小心翼翼。他们想说的话太多太多，堆积起来，也会像火山似的偶尔爆发，质问她怎能这样生活。当然没有效果，这只会让自己和女儿的关系更加恶化。当他们意识到这点之后，也只能做出让步了。

“你以为我愿意这样生活吗？我不知道该做什么好，你说我能怎么办？也许把我变成这样的人就是父母。其实我很想做演员的。你别笑，演戏又不是靠脸蛋。”

我没有笑，反而觉得演戏或许真的适合她。靠脸蛋又怎么了？你那么像奥黛丽·赫本！

“你可能不相信，我读高中的时候参加过话剧团，当时还很有名呢，连附近学校的人都知道我的名字。我很讨厌抛头露面，性格也腼腆。奇怪的是，只要站在舞台上演戏，我就像变了个人。每年一次的定期演出之后，学校里都会成立我的粉丝后援团。我说我想做演员，父母暴跳如雷，竭力反对。他们问我为什么要走那么艰难的路，还说这都是为我好，把我报考表演系的志愿书撕得粉碎。我觉得从那个时候开始，我的人生就扭曲了。”

她的语气像是抱怨父母。然而我清清楚楚地感觉到了，她真正埋怨的人是她自己。

“妈妈总是让我出去。我为什么非要出去呢？我就觉得在家里，在我的房间里最舒服。”

她可能还不知道，“舒服”并非全是好事。通过长期观察人类的生活，我发现只有通过“不舒服却有必要的事”，人类才能有所收获。她那么喜欢我，也是因为去了皮鞋促销的地方才得到。人的忍耐正如消耗性的电池，持续的不舒服会导致放电，偶尔的不舒服还是应该承受。往往是在这种时候，人类才能感受到人生的价值。否则只能是外表舒服，本质上却很不舒服。即使在舒服的时候，奥黛丽也常常感觉到深深的不适，时不时呆呆地凝视窗外。我知道，能够挽救她的人也只有她自己。即使我长了嘴巴，告诉她这一切，恐怕她也不会为我所动。

我不止一次看到，她在几乎无人登录的凌晨，在论坛里发表长帖，然后删除。如此反复。

“我这么大年纪了，却一事无成。人们在成长过程中都会经历的人生课题，我一样也没完成。看着窗外阔步街头的人们，我常常心生羡慕，可是我又不想出去。只要置身其中，我就会身受重伤。我在职场遭人排斥，也受到过性骚扰。别人说世界本来就是这样，努力克服，和人们友好相处。我做不到。我讨厌自己这个样子。”

看完这个帖子，我才明白对皮鞋毫无兴趣的她热衷37论坛的原因。她想以这样的方式和同龄女人发生联系。她用很长时间写下心事，却不到5分钟就删除了辛辛苦苦写出来的帖子。“素昧平生，她们让我感觉亲切。”这些人是最适合吐露心事的对象，不过她依然不想留下痕迹。

倾吐完心事之后，奥黛丽在目录里发现了名叫“考山①人”的昵称，欣喜地点击进去，看里面的文字。很快，屏幕上出现了不同国家的人们无拘无束的派对照片。照片上的人们看起来很幸福。上网的人们对别人上传的照片通常只是大致浏览，快速往下拉页面，然而奥黛丽却仔细观看每一张照片，连照片下面的说明文字也认真读了。

“来自德国的卡琳和意大利的露琪亚，我们深深陶醉于韩式烤肉的魅力。我在曼谷努力宣传韩国饮食。”

她看着照片，如痴如醉，仿佛自己从来没上传过忧伤的文章。

“美女，你看看吧，三个月后我也会在这儿。为了去这个地方，我把你带回家里。曼谷有个可以看见全市灯光的美妙空中餐厅，必须穿正装和皮鞋才能进去。”

① 考山路（khaosan road），是泰国首都曼谷的一条街道。——编者注

她一张张浏览照片，时而哈哈大笑，时而向我解释。

“这个女人本来是去旅行，却在曼谷定居下来，开了餐馆。原来是一个人经营，后来丈夫名誉退休，也加入进来。这个男人，如果没有这么出色的夫人，现在可能比我更无聊。”

望着她指给我看的照片，我惊讶得直打冷战。外国人旁边，摆着造型的人群中间，竟然出现了奥莉薇娅和她的丈夫“老古董”。神清气爽的奥莉薇娅比口口声声要减肥的时候更健康，更苗条，“老古董”也像时间倒流似的更年轻了。

他俩的照片只有一张，飞快地掠过屏幕，然而对我来说已经足够了。奥莉薇娅过得很好，远远超出我的期望。

“我没想过要去旅行。看到这个人偶尔发的帖子，我的想法变了。虽然说不清原因，不过感觉离开这里，说不定就会发生变化。我立即去订机票。真是命中注定啊，新航空公司推出了非常廉价的机票。”

某个事件引起变化，这是人类的幻想，哪怕是有生以来第一次梦想的旅行。不过当人们渴望变化的时候，这些事情偶尔会充当台阶。奥莉薇娅过上自己想要的生活，归根结底是因为她自己的醒悟。就像去曼谷的机票成为契机，我也希望封闭在自己的矛盾和小房间里的主人奥黛丽能踩到合适的跳板。

显而易见，奥黛丽没有朋友。按她的说法，落后于“人生课题”的人很难与轨道上的人们共处。不同于我的猜测，这种关系的特征就像是富人躲避穷人。感觉到自己落后的人，哪怕对方只是打个喷嚏，她也会受到伤害。

她偶尔出去几小时，而且是在周末。我不能不感到好奇。究竟去了哪里，见了什么人呢？实在忍不住好奇，我问了陪她外出回来的短靴。沉默寡言的短靴说，她每次都去视野很好的咖啡厅，一个人看窗外几个小时，然后再回来。

她肯定是被孤独折磨疯了。这让我感到悲伤。有一天，我意外地加入了她的隐秘外出。不知她在网上看了什么，连着好几天都犹豫不决，盯着我，像是有什么苦恼。突然，她拿起了我。

“哎呀，不管了，连你这样的皮鞋都能被我换回来，还有什么事做不到？试一次！”

说完，她像初次遇见我的时候一样，迈着无比不安的脚步走进了一家咖啡厅。咖啡厅位于人来人往的街边，窗户很大。她点了一杯茶，观察窗外的人们。突然，她对我说：“美女，这里不错吧？这是我最喜欢的位置。”

我担心她会不会被误解为疯子——尽管这不能完全算是误解。不过，现在很多人使用无线通话，所以没有谁关注对皮鞋说话的女人。

“坐在这儿可以观察人群，不用在乎他们的目光。我有种你不知道的能力，只要看一会儿，就能了解那个人的习惯和性格。那边的长发女人，只看背影像20多岁的女孩吧？其实呢，她是50岁左右的中年人，喜欢把自己打扮得年轻而已。她的脚步和年轻人不一样，年轻女人的步伐比她大得多。”

我往奥黛丽手指的方向看去，果然看见一个年轻女人的背影。女人似乎走错路了，转过头来。那个瞬间，我真的看见了中年女人的面孔。

“那个在书店门口走来走去的年轻女人，看着怎么样？乍看上去没什么魅力吧？你仔细看，她脸蛋漂亮，腿也很苗条，打扮也不错。为什么看起来没有魅力呢？那是因为她的不良习惯。像她那样叉开双腿走路，哪怕是超级模特，看上去也像丑女。她又习惯于蜷缩着肩膀和腰。最关键的，她总是用舌头舔上齿！这种人绝对不会有美感。”

她说得很对。马路对面的女人是个看起来不美的美女。

“这是以前演戏时养成的习惯。只有观察别人，演起来才会像。从现在开始，我要做以前没尝试过的事情。”

走出咖啡厅，她又去了别的地方。几个小时后，我和她站上了灯光闪烁的小舞台。灯太亮了，我看不清下面，隐约看出观众席上坐着三四个人，正在注视着我们这边。她毕恭毕敬地行礼，说道：“我准备的是妓女西米娜的独白。”

听到开始的指示，她跷起二郎腿，歪歪斜斜地坐在椅子上，抬起低垂的头。这时候，灯光映照的面孔不再是我认识的奥黛丽了。我忍不住打了个寒战。

“如果不打算和我约会，现在就从我面前消失好吗？”

她用挑衅的语气说道。简直就像变了个人。眉毛和手指都高高翘起，几乎就是真的妓女，尽管我从未见过真正的妓女。舞台上的她也不再是不能穿高跟鞋的女人。曾经在街头走得跌跌撞撞，然而舞台上的几分钟，她穿着我，走得比猫还轻盈。原来她穿我出来是为了演戏，我的心情怪怪的。

化身妓女，念着台词的她，终于调整呼吸，恢复成原来的奥黛丽。

“情绪很好，不过呢，也许是因为太长时间没演戏了，念台词和发音达不到要求。”

“的确很久没演了。我以为平时养成大声说话、调整发音的习惯，就算是练习了，看来还不够。我会努力练习，纠正发音。”

原来如此。我发出了交织着失望和安心的叹息。她不停地和我说话，不是因为孤独，也不是因为发疯。那是她多年的梦想的痕迹，即使在靠卖避孕套为生的情况下也不肯放弃。

“这个年龄重新开始演戏，是不是太晚了？我们不会给太多钱的。”

“没关系，我还有兼职，可以赚生活费。”

“哦，是吗？不耽误话剧演出的兼职……您做什么工作？”

她想了想，回答说：“我在网上卖成人卫生保健用品。”

50多岁的剧场老板听了她的话，欣喜地笑了笑，回答说：“保健？我对这个很感兴趣，以后我尽力帮你卖。”

试镜后的下一周，奥黛丽成了话剧演员。角色很小，也没几句台词。比起舞台上的表演，她在舞台后面做的杂事更多。赚的钱少得可怜，随时都可能结束，她甚至不好意思说自己的职业是演员。

不过，她再也没有在清晨发帖删帖了。经常出门，偶尔夜不归宿。父母小心翼翼地跟她说话，她也不再粗鲁地顶嘴。最重要的是，她又买了几双鞋。

有一天，她满面红光地从剧场回来，把我放在面前，说道："我终于知道了，原来我不是无性恋者。"

现在，她用话剧腔的洪亮嗓音跟我说话。注定要爱上主人的我，不得不忍受这种令人毛骨悚然的感应。

"我从来没为任何人兴奋过，可是经常见到我们剧团里的一个男性前辈，我对他却产生了奇怪的感情。当我在舞台上和他配戏的时候，我会心跳加速。"

她爱上了坠入爱河的自己，或许比爱上他人更美丽。人类爱别人不可能胜过爱自己，因为这是人的感情极限。不爱自己的她，无法爱上别人。这是不是理所当然呢？

"谢谢你。如果不是穿着你这种磨脚的皮鞋，也许我还不能鼓起勇气。穿上你，我感觉自己好像变得不一样了。我想了想，也许是我自卑的缘故吧。我生怕自己的无能被人发现，干脆什么也不做。只要我什么都不做，就可以为自己辩解，说那不是我的错。我明明意识到了，却还是无动于衷。我觉得自己年纪太大了，过了鼓起勇气挑战的阶段。其实呢，根本不存在年龄太大这种说法。如果能这么畅快地生活，哪怕只活一年，也是有价值的。”

我为她鼓掌。完全专注于主人生活的我，通过自己的洞察得出结论，人生中所有美好的事物都来自于决断力。安逸于熟悉的生活是人的本能，不论熟悉的生活多么糟糕，放弃都需要勇气和决断力。现在她也明白了，她不是一无是处，只是缺少付诸行动的勇气。

我又记下一句可以告诉我的丽兹的答案。

——如果你的生活出现了问题，你却不知道原因，那么请你问自己，是不是缺少勇气。

从原本平庸的主人身上得到了最宝贵的领悟，这是我有生以来体会到的最大喜悦。

她竟然说我是“磨脚的皮鞋”。毋庸置疑，30多年过去了，她还没有学会“性感”这个单词。

宅在家里的时间少了，跟我唠叨的时间也有所减少，我很无聊。现在，我唯一的快乐就是跟她去曼谷。我可以在全世界游客云集的考山路上尽情看人，星夜的空中餐厅（那是她把我带回家的目的）也值得期待。最重要的是，我迫切地想见到我的老主人，奥莉薇娅。

幸好演出日期和预订的机票日期没有重合。不过直到登机当天，她都忙得焦头烂额。早在两周前，她就把旅行箱打开，放在房间里，想起什么就塞进去。到了出发的日子，她真的是手忙脚乱。即使在普通灯光的照耀下，她化的妆都像魔鬼。没来得及卸妆的她急忙跑回家，拿着行李去往机场。

奥黛丽忘记了我，就这样去了曼谷。

几周后，她回来了，又忙着准备演出，卖避孕套，和一个男人交往。那个男人不是出发前还朝思暮想的剧团同事。每天夜里，她的喉咙、嘴唇等发音器官统统变形，声音也变得奇怪。跟她通话的却是在曼谷宾馆遇到的同龄职场人。不讲义气的她穿着在曼谷临时购置的皮鞋，和他去空中餐厅欣赏了美丽的夜景。

她在剧场尝试真正的表演，嗓子严重受损，跟我说话越来越少了。本来就不经常清洁我的她对我渐渐失去兴趣，任由灰尘落满我的身体。

不久，奥黛丽被赶出了家门。她的父母经过深思熟虑，觉得要让她真正长大成人，必须先让她独立出去，于是做出了这个决定。整理行李的时候，她茫然地看了看我，意外地跟我说了几句话："你怎么办呢？我的新家只有巴掌那么大，不知道有没有地方摆放你。其实我是个愣头青，根本无法发挥出你的真正价值。我不知道你是不是福星，反正从你来了以后，我感觉自己发生了很多变化。现在，应该有人比我更需要你吧？"

我又一次被上传到37论坛。现在的我已经是名声在外，还得了个绰号——"流星"。很长时间也不出现，出现了转瞬即逝，所以是"流星"。只要有出售或转让我的帖子，总有人回帖许愿。这个可爱的举动来自西方的古老迷信。人们相信在流星消失之前许愿，心愿就能实现。奥黛丽发帖说要把我捐给论坛的时候，论坛里掀起了不小的躁动。捐赠对象是不计报酬为论坛服务的运营者，大部分会员都不符合条件。帖子发出之后，收到了几十条回复。

“保佑我今年结婚。”

“保佑我升职。”

“保佑我买的彩票中大奖。”

“保佑妈妈的癌症痊愈。”

“保佑这次的产品热卖。”

“保佑老公回心转意。”

“7 年了，还没有孩子……请保佑我怀孕。”

……

这些 35 岁左右的女人们明知无用，却仍然虔诚地许愿。

轰轰烈烈的“许愿秀”快要结束的时候，我的新主人出现了。她就是从论坛创建就全身心投入运营的人——“奥兹的红宝石鞋”。“奥兹的红宝石鞋”为了表达谢意，还用手机给奥黛丽发送了甜甜圈兑换券。

坐在凌乱的行李中间，奥黛丽小心翼翼地把我擦拭干净，包装起来，最后对我说道："只要穿过你一次，就会不可避免地爱上你。穿着你的时候，我有种被爱的感觉。不管是别人，还是自己。希望你也能得到下一任主人的厚爱，再见。"

我离开过多位主人，正式的告别却还是第一次。"再见，奥黛丽。"我也向她道别。

SOPHIA

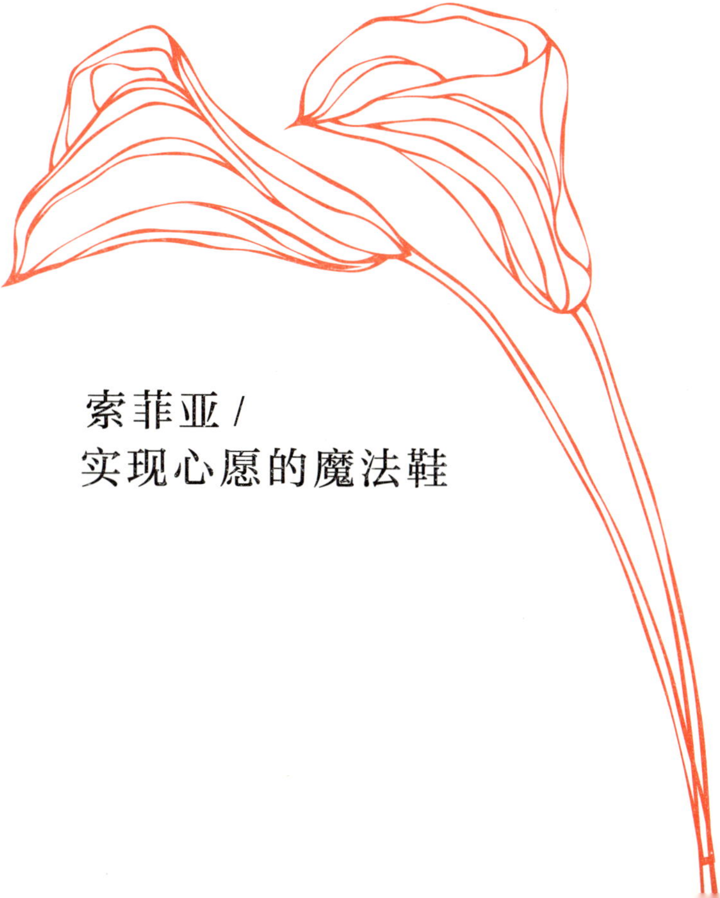

索菲亚/
实现心愿的魔法鞋

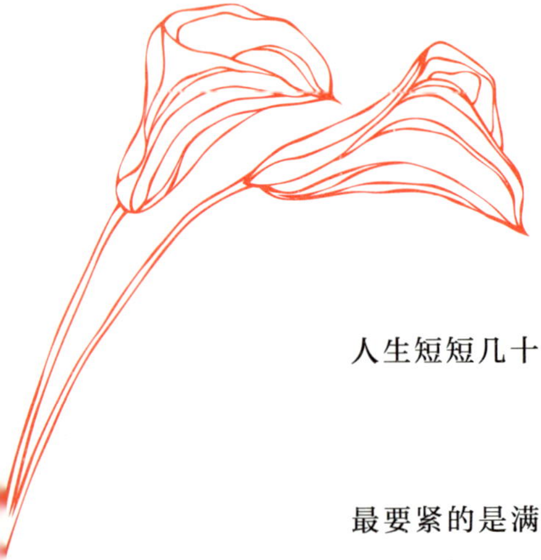

人生短短几十年，

最要紧的是满足自己，

而不是讨好他人。

“喂，你这个王八蛋！”

这是我听见新主人说的第一句话。她抓着话筒，声音响亮而果断。那么标准的发音，那么熟练的脏话，我还是第一次听到呢。

“你没把事情处理好，无缘无故冒出利息，还说这是我的错，应该由我赔偿？我会正式向总公司提出要求，这件事将会记入你的人事考核档案。如果还是不能解决，我就一直打电话，直到解决为止。你一辈子只能做代理！你在分行执行赔偿程序也好，翻我的钱包也好，随你便，反正我不会掏钱！”

好可怕。她把电话线那头可怜的银行职员的自尊彻底摧毁了。终于得到对方的道歉和承诺，她才挂断电话，若无其事地出了卫生间，走回办公室。

办公室宽敞得像操场。办公桌成排连片，装扮整洁的人们正在努力工作。她在一家大企业工作。从映在玻璃门上的身影来看，新主人正是人们常说的魅力十足的女人。她给人以身材庞大的感觉。不是肥胖，而是天生高大而结实。她的个子本来就高，又穿了高跟鞋，这让大多数男人都要抬头仰视。超过两米的断臂维纳斯过来站在旁边，恐怕就是这种感觉。也许是这个缘故，人们站在她身边的时候，难免有种畏缩的感觉。回到座位，她开始努力工作。坐在办公桌前或者只在办公室里活动的时候，她把我脱掉，放在桌下，换上舒服的拖鞋。下班或开会的时候，再换上我。她是以分秒为单位工作的大忙人，很多时间都在公司度过。

晚上9点，她脱下我，专心工作了一会儿，起身去喝咖啡。这时候，我听见邻座职员们疲惫的声音："代理，组长处理工作是不是效率太低了？没必要工作到这么晚啊。"

"是啊，表面看着很有能力，追求完美，其实是瞎忙。"

"可公司为什么总是把重要课题交给组长呢？像她那样的人常常被委以重任，岂不是公司的损失？"

"你啊，说人家效率低，那是我们底层员工的感受，公司方面并不这么认为。组长听公司的安排，折磨我们，无论如何都要完成任务。她那臭脾气也算是能力。即使能力不是最强，像她这种没有私生活、只顾工作的人，公司怎么会拒绝？"

不一会儿，她回来了，对话停止了。我的心依然凄凉。我的主人究竟是个什么样的女人？

下属员工下班之后，她继续在工作。等到准备下班的时候，时针已经指向12点了。周五的晚上，别人因为第二天不用上班而玩到深夜，她却因为第二天不上班而更加尽情地工作。

第二天，我和主人因为太累而睡到下午。醒来后我发现自己被擦得一尘不染，整齐地摆放在玄关门前。昨天夜里，主人肯定想快点儿回家睡觉，不过她还是先打理我，然后才回了房间。这和前主人们形成了对照。她们喝醉后连滚带爬地回家或者累得晕头转向的时候，就把我扔在门口。我深感惭愧，对第一印象并不太好的主人心生愧疚。

主人换了衣服，倒在床上。年轻姑娘坐在沙发上看美食节目。演员们品尝食物，连连感叹。这样的场面不断播放，年轻姑娘再也忍不住了，冲着卧室大喊："姨妈！我快饿死了，起床吃午饭吧。我点个比萨怎么样？"

不一会儿，两个女人各自拿着一块比萨，贪婪地吃着。一块比萨快吃完的时候，主人突然放下剩余的比萨，说道："今天的味道和平时不一样啊？好像是把凉比萨送给我们了。不行，我得让他们重做。"

主人正要拿起电话，外甥女拼命劝阻："凑合着吃吧，挺好吃的，怎么了？要是凉，就用微波炉热一下。"

"刚烤出来的比萨和热过的比萨味道能一样吗？你和你妈妈真像，都喜欢将就。不管什么事，明明吃亏也不追究。"

"姨妈你这样不累吗？适当让步，对谁都好啊。我一直这样生活，从来没吃过亏，过得很幸福。"

"因为你还是大学生，不谙世事。我们家很穷，你也知道，当时我什么都没有，更没有过人的头脑，刚来首尔的时候，你知道我受到多少蔑视，吃了多少苦头吗？后来我明白了一个道理，一无所有的人至少要有臭脾气。人善被人欺，世人皆如此。"

"姨妈，别说了。如果人人都这样，那该多凄凉，还怎么活啊？"

"需要醒悟的人是你。不管怎么说，我从租地下室开始，现在买了像样的房子，你才能舒舒服服地在这儿学习，不是吗？"

"哎，这个我承认！反正我不想等新比萨了，你不要打电话！"

吃饱喝足的慵懒午后，外甥女精心打扮，出去玩了。主人躺在沙发上玩手机，消磨时间。她翻看着手机里的照片，视线固定于某个男人的照片，看了很久。她一下子换了姿势，而且距离我所在的玄关比较远，我看不清男人的面孔。不难猜测，他对主人来说有着特别的意义。看到她的表情，我就知道了。平时她的眼角总是上翘，颧骨凸出，给人以强悍的感觉。此时此刻，这张脸却惹人爱怜。真的很有魅力，也很神奇。我感觉自己看到的是电影《向日葵》里的索菲亚·罗兰。仔细一看，她的确很像索菲亚·罗兰。索菲亚·罗兰有着毒草般致命的美。她爱上一个男人，和他结婚，共同生活了50年，直到丈夫去世。

从那以后，新主人就被我称为索菲亚。这个名字只有我知道。

外甥女的母亲，也就是她的亲姐姐再三催促，索菲亚终于去相亲了。

“姨妈！一定要穿低跟皮鞋出门。男人都害怕个子太高的女人。”

“如果因为女人个子高就逃跑，这样的男人我也不需要。”

外甥女劝说无效。她穿着我，赶到了约定的酒店大堂。男人先到了，第一印象还不错。我觉得他有点儿眼熟。索菲亚走到男人身边，打招呼。我没能马上想起这个男人是谁。她比男人高出一头。两个人意识到这个事实的时候，都有些慌张。这时，我仍然满脑子在想他是谁。看样了他们都是相亲老手，对话流于形式，却也畅通无阻。我还是不知道他是谁。索菲亚不识时务地问对方是不是谈过很多次恋爱。听了男人的回答，我终于想起他是谁了。

“不多。只谈过一次，是综合医院的护士。”

两人谈得很愉快，不过只喝了茶，就分开了。他们连对方的联系方式都没问。

“我早就料到了。我说过吧，让您穿低跟鞋？那双带飘带的很斯文的。”

晚上见面了，索菲亚不得不忍受外甥女的唠叨。

“是我没看上他。一见面就说我个子有点儿高，从始至终都表现得很自卑。说是律师，其实是小公司里的工薪族，还那么挑剔。一看就知道他母亲不好对付。最不适合做丈夫的男人就是‘凤凰男’，你听说过吧？‘山沟里飞出的金凤凰’，嫁给这种男人，不会跟着他升天，而是被他拖入山沟。你妈妈好像跟他母亲说过我攒了很多钱。如果她知道真相，即使我们俩都愿意，他母亲也会反对我们结婚。”

“真的吗？我妈怎么介绍这种男人给您？说起医生、律师这种职业，大人就觉得好，问题就出在这里。”

我的前主人曾经爱过的男人被这样谈论，我觉得很别扭。索菲亚还在不停地说，我只好竖起耳朵继续倾听。

“我看那个男人一辈子也结不了婚。他妈妈真够浑的，竟然连他儿子和某个女人恋爱多年的事都告诉了姐姐。还说那个女人年纪大，工作也不如她儿子。她强烈反对，他们就分手了。现在，那个女人做了护士长，嫁了好人家，过得很幸福。那个大妈可能是向姐姐炫耀吧，那么出色的女人都被他们抛弃了。我觉得应该是那个女人离开了他儿子。聪明的女人不会嫁这样的男人。”

外甥女叹息着说：“不过，他的确比姨妈以前相亲的那些男人好吧？有风度，外貌也不错。”

“如果只看他自己，那的确是这样，可是又有什么用呢？对女人来说，恋母情结比有前科更糟糕。”

外甥女茫然地看了看索菲亚，神情渐渐变得复杂。

“等我像姨妈这么大的时候，也会经历这种事吗？我不想过早结婚，但我不是独身主义者。我也要像姨妈这样努力工作，自由自在地玩过之后再结婚。唉，到时候还有好男人留给我吗？”

索菲亚望着期待肯定答案的外甥女，使劲摇头，残忍地说：“别说好男人，普通男人都没有了。”

索菲亚是个脚踏实地的女人。早晨比别人上班都早。即便这样，每次出门前也要把皮鞋擦得干干净净。只要条件允许，索菲亚尽量穿得华丽，更喜欢原色或有花纹的衣服。我知道的美德是在工作场合尽量不穿引人注目的衣服。在集体中显得与众不同，那也意味着成为众矢之的。凭借多年的工作经验，索菲亚不可能不知道这些啊，然而她还是想怎么穿就怎么穿。有一次，隔壁组的男人看她穿着华丽的花裙子，多嘴说了一句，立刻遭到索菲亚的反击。

“穿这种衣服多不舒服，怎么工作？”

“次长的裤子把肚子勒得那么紧，工作还那么出色。坐着的时候喘得过气来吗？我开玩笑的，您不会生气吧？”

她几乎把所有的时间都用于工作，我想华丽的衣服和皮鞋并不是单纯的奢侈品，而是让她感觉自己活着、带给她刺激的通气孔。我的猜测并非全错，不过后来我才知道，还有更重要的原因。

短暂的休息时间，索菲亚主要做的事情就是“尽可能什么都不做”。剩余的时间用笔记本电脑看电视剧。索菲亚对爱情剧没有兴趣。一旦胃口被吊起来，她就从早到晚看侦探系列剧。看着四肢脱落或者生蛆腐烂变成液体的尸体，她泰然自若地吃零食。不过，她不喜欢有杀人场面出现的暴力剧。痴迷爱情剧的外甥女对她的爱好说三道四的时候，她这样说：“不管尸体有多么惨不忍睹，毕竟在我没看到的时候发生了，犯人肯定会被抓到，多么干脆利落啊？可是看暴力剧，你会忐忑不安，担心剧中人物会不会死。尤其是主人公的朋友！我会受刺激的。还不如尸体呢，嗯，还是尸体好点儿。”

外甥女化完妆，出去约会了。临走时无奈地看了看索菲亚。我倒觉得索菲亚陪着尸体的休息时光还不错。日常生活里，任何事都不明确，因此人很容易被犯罪事实清楚、结果也很明确的故事吸引。她的说法不无道理。

索菲亚所在的公司里女人不多。尤其是越往上面的职位，女性的比例越少。索菲亚上面只有一名女上司。与索菲亚同组的是同龄的沈代理，级别要比她低。沈代理结婚了，有个孩子。索菲亚很讨厌沈代理。沈代理因为孩子必须请假，或者推迟值夜班的时候，她就要被迫接过沈代理的那份工作。有一次，我听索菲亚对同事说："我也知道，这些孩子们长大了会纳税，我的养老金也从这里出。可是，我总感觉我是在用自己的血肉养育别人的孩子，这种龌龊心理究竟是怎么回事呢？"

她们之间横着钢丝。这条钢丝悬在情分和本分的微妙边缘。起先，索菲亚很愿意帮助同事。可是沈代理把索菲亚的帮助当成理所当然，并且还要索取更多，当索菲亚做不到的时候，她就会抱怨，这让索菲亚很伤心。她们的关系也变得紧张起来。我觉得，帮人是情分，不是别人有义务要做的本分。这个道理，人人都应该牢记。

沈代理终于辞职了。为沈代理送行那天，索菲亚喝了很多酒。下属职员扶着她，把她塞进出租车。她不停地问出租车司机："师傅，师傅你也认为女人到了年龄就该结婚，结婚以后就该辞职生孩子，对吧？两者不能兼得吧？所以更不能草率结婚。那么多事都要放弃，当然要和自己很喜欢的人结婚，对吧？总不能随随便便找个人结婚，凑合着过日子吧？与其这样，还不如一个人过呢，是不是？”

到达目的地之前，无辜的司机不得不忍受难解问题的狂轰滥炸。她的问题可不像从尸体开始、并以犯人被捕告终的侦探剧那般明了。

一大早要开会，她急匆匆地去上班。我看出索菲亚穿上了最珍爱的衣服，化妆也更加用心。会议内容我不清楚，不过开会期间她的心情都不太好。难道工作不顺利？我察觉到她的忧郁不属此列。果然不出所料，刚散会她就问一名职员：“奇次长没来吗？”

“是的，有急事出去了。”

“课题到了收尾阶段，作为次长也应该参加会议，直到课题结束。我还有几件事要问他。你能转告奇次长吗？”

故作泰然的她脚心冒出了冷汗。有空她就拿出来看的照片，听到悲伤情歌就看着窗外想念的对象，还有奇次长，原来他们是同一个人。种种迹象表明，她的思念已经积累了很久很久。

如果喜欢上某个男人，哪怕绑架和监禁，也要据为己有。这是我了解的索菲亚。现在呢，喜欢的人分明就在不远处，她却暗自神伤。这有些矛盾。她也不是每天都穿我，所以我只能猜测，她偶尔在公司里和男人相遇，大多是她主动和男人联系。不过，一切都没有进展。

相亲，再次空手而归的傍晚，外甥女问起相亲的结果。她近乎愤怒地说："男人就像西装，只要选择合身的西装，穿上干净的衬衫，系上并不怪异的领带就行了，可是为什么连这样的男人都没有呢？就算年纪大了，身材走样，也该有个限度吧？如果开始脱发了，那就用生发剂，锻炼身体，做点儿基本的皮肤护理。为什么跟比我大的男人见面，总有种和父辈见面的感觉？即便这样，对方还没良心地说，‘各方面都好，就是作为女人，年纪有点儿大’。我不打算结婚了。”

那天的相亲情况如何，不用问也能猜到。

“不要累赘的婚姻，只谈恋爱应该也可以吧？结婚根本没有好处，我倒是想谈谈恋爱。”

处于热恋中的外甥女看了看姨妈，咂着舌头说：“说得轻松，如果可以的话，姨妈还会是现在的状态吗？”

索菲亚没有回答外甥女的问题，只是用干毛巾擦拭我。难道第二天有穿我的打算？不过明天是星期日。她应该不会外出。

她打扮得比任何时候都美丽，还穿上那条显苗条的连衣裙。从房间里出来，她一直在打电话，不停地观察自己的样子。

“……是的，我到您那里。常务坐周一凌晨的飞机出差了，可是我很需要那个资料集……不，几百张怎么扫描啊？我正好有事出来，路过您那里……没关系……如果您真的觉得过意不去，请我吃饭也可以啊。”

她依然正常开车，却也表现出从未有过的紧张。没过多久，她把车停在合适的地方，走进了附近的茶馆。坐下之后，她拿出手机发短信。应该是告诉对方，她已经到了。

她无所事事地玩弄着手机，看着根本不感兴趣的新闻。过了很长时间，有人急匆匆地跑了进来。

“奇次长。”

索菲亚的声音既欣喜又紧张。

“对不起，久等了吧？让您到这里来，我应该先到才对。”

男人的声音很低。我觉得这个声音并不陌生，不，很熟悉！

“我说过吧，妻子带着孩子回娘家了。可是老二生病，突然回来了。我送他们去急诊室，所以来晚了。”

他是格蕾丝的丈夫。

索菲亚听他说家人都不在才决定来这里。计划出现偏差，她强颜欢笑，试图掩饰内心的失望。妻子不在的三天里，他变得让人目不忍睹。星期五到现在肯定没洗头，头发油腻不堪，胡子也没刮，脸有些肿胀，胡乱搭配的上衣和裤子，还有穿在黑色西装袜子外面的荒唐的运动鞋，到了染发时间的鬓角也已经花白。

她所了解的人——穿着合身的西装，散发出令人愉悦的气味，英俊而成熟的奇次长——是离开妻子的照顾就活不下去的人。这个事实我比任何人都清楚。格蕾丝不但照顾两个孩子，对丈夫也是无微不至。晚上，她会搭配好丈夫第二天要穿的衣服，熨烫整齐，喷上香水。周末外出，如果丈夫趁她不注意穿上不合适的衣服，她也会叹息着帮丈夫重新换好。到了理发或染发的时候，格蕾丝也会及时催丈夫去美发店。最重要的是，索菲亚喜欢的奇次长的西装正是格蕾丝的作品。格蕾丝反复回味着索菲亚说的“男人重在西装”，拉着不耐烦的丈夫去名牌西装店。

索菲亚本来就很失望了，令人费解的是，奇次长却不停地在她面前谈论自己的妻子。他的想法很单纯，对方是女人，谈论女人的话题会引起对方的共鸣。

“你的鞋，和我妻子以前穿过的差不多。最近她开始学外语了，每天东奔西跑，只能穿运动鞋了。她说再过五六年，孩子们都长大了，她要重新开始工作。”

奇次长补充说，妻子宣布重新工作之后，变得更有活力了。当然，索菲亚和我不一样，对奇次长的话题毫无兴趣。

他和她以前见过或相亲遇到的寒酸老光棍没什么两样。接过作为见面借口的资料集，她步履蹒跚地回了家。

回到家，打开房门，她听见家里发出怪异的动静。进门之后，面前展现出她按门铃的几秒钟里没来得及整理的场面。外甥女和男友正在沙发上缠绵。

“姨……姨妈……您不是说今天晚些回来吗？我……”

索菲亚果断地举起手，打断了外甥女的话，另一只手捂住自己的眼睛，回了房间。这时候，一对恋人已经慌慌张张地拾起衣服穿上了。男友迟疑片刻，冲着房间难为情地打了个招呼：“我……走了，打……打扰您了。”

里面没有回答，这对恋人用肢体动作告别之后就分开了。

得知客厅里只剩下外甥女，索菲亚才从房间出来。正要开口说话，她感觉屁股下面坐了什么东西。拿出来一看，竟然是避孕套。这是以前奥黛丽卖过的，非常畅销的香蕉味荧光避孕套。努力克制、保持平静的索菲亚终于忍无可忍，冲着外甥女大声喝道：“你！你竟敢在我的沙发上做这种勾当？这是我灵魂的安息处，每个周末都和我浑然一体，我贴着脸睡觉的地方。我要把这个沙发烧毁，让你妈妈给我买个新的！”

外甥女跪在地上，向索菲亚求情：“姨妈！千万不要告诉妈妈。您要是告诉妈妈，我就死定了。她会揪着我的头发，把我拉回家的。您就当什么也没看见，下不为例，好吗？”

索菲亚还是没有消气，继续唠叨：“这段时间你正在准备考试吧？现在究竟是什么世道，不好好学习，和男人鬼混？你现在不懂自控，稀里糊涂混日子，将来怎么办？你还不醒悟？你读的不是名牌大学，也没有文凭，难道你想扔垃圾似的挥霍自己的青春吗？”

外甥女眼含泪水，嘴巴紧闭，空气渐渐变得紧张。

“我在考试期间复习功课还是做爱，跟你有什么关系？我是大人了，不经允许把男人带回姨妈家，这是我的错，可是你没有权利对我胡说八道。垃圾？姨妈努力学习，突破 100：1 的比例进入现在的公司吧？所以你现在很幸福？你赚了钱，可是你连花钱的时间都没有，整天就知道工作，暗恋有妇之夫。性格暴躁，吹毛求疵，朋友一个个相继离你而去。如果让我现在连爱情也放弃，只顾积累文凭，10 年后像姨妈这样，那我宁愿什么也不做，就像现在这样生活！”

要是像电视剧中演得那样，听到这种台词，接下来索菲亚应该要打对方耳光。我忐忑不安，不敢继续看下去，紧紧闭上眼睛。

可是过了很长时间，客厅里依然静悄悄的。我小心翼翼地睁开眼睛，观察她们，发现情况不同于我的预测。索菲亚瘫坐在地，哇哇大哭。外甥女也在旁边哭泣。

“呜呜……姨妈，我错了。我一时生气，都是胡说八道。别哭了，呜呜呜呜……”

索菲亚很长时间没穿我了。外甥女结束了期末考试，放假回了自己家。索菲亚早早上班，很晚才下班，独自在家几乎从不发出声音。她的脸上满是疲惫，脸色黯淡，我好想知道她究竟过的是怎样的日子，只是无从知晓。

也许正如她的论坛昵称“奥兹的红宝石鞋”，她期待我帮她实现心愿。但我没有这样的力量。我只是爱着主人，而且希望主人也像我爱她一样爱自己，仅此而已。如果她对我失望，我也没有办法。

我被放置了很久。有一天，她终于看了看我，仔细把我擦干净，到修理店帮我换掉坏了一半的鞋跟，补充了掉漆的部位。怀着新生的喜悦回到家里，第二天，我又被她拿到公司。上班路上不穿，却拿在手里，真是奇怪。我不能问她。

我被装在购物袋里，搁在她的办公桌下面度过了大半天时光。她不在现场，我又听到了别人对她的议论。

“喂，你们听说了吗？组长可能要辞职。”

“真的吗？难道她要结婚了？我以为她就这样成为独居老人了呢！”

“好像不是，就是有点儿累了。”

“原来女魔头也不过如此。我还以为她是怎么工作都不知道累的怪物呢。”

“女魔头？”

“你不知道吗？组长的外号叫‘女魔头’。三年前来到计算机组的时候，她整天折磨我们，我们就管她叫女魔头。这个外号竟然传到了这里。不过开发组撤掉之后，就没人这么叫了。”

“哇，女魔头！太恰当了，恰当！这样的外号竟然被雪藏了，可惜啊可惜。”

索菲亚出现在办公室，急匆匆的对话戛然而止。刚坐下，她就拿起装着我的购物袋准备出门，同时叮嘱下属职员：“东方软件的李书英女士来了，我出去和她见面，需要一两个小时。”

索菲亚拿着我去了附近的咖啡厅。等的人好像还没到，她翻着购物袋，低头看了看我，小声说道：“今天我会让你见到非常喜欢你的人。”

突如其来的通报大大出乎我的意料。我就快要深深爱上这个被称为女魔头的可怕女人了，却又要面临分别。她在人生转折点受到的伤害没有治愈，我却要离开，这让我很心痛。只有这一次，我想把自己学到的东西告诉索菲亚，而不是我的丽兹。

人生短短几十年，最要紧的是满足自己，而不是讨好他人。

我独自咀嚼着熟悉的痛苦。这时，索菲亚等的人到了。我没有兴趣。这个人可能成为我的新主人，那又怎么样呢？后来我才明白，我深深地爱上了这个性格外冷内热的女人，甚至胜过以前遇到的某个天使般的主人。

“李书英女士，好久不见。”

“是啊，您还好吧？听说您在等机会升职呢，希望您心想事成。”

索菲亚凄凉地笑了笑。

“我辞职了。”

“什么？”

对方似乎很吃惊。

“我让猎头公司帮我留意稍有闲暇的公司。职位和薪水都无所谓。”

索菲亚把装有我的购物袋递给对方。

“打开看看吧。想来想去，我还是觉得这件东西的主人应该是李代理。”

女人不明所以地把我拿出来，看了看我，有点儿惊讶。然后她仔细观察，发出了意味深长的叹息。这时，我才看清女人的面孔。我怎么连她的声音都没听出来？我思念已久的第一任主人丽兹，竟然在我面前。

“以前我见过李代理在皮鞋专卖店门前看这双鞋，丢了魂儿似的看了很久。也难怪，这双鞋的确有令人着魔的力量。我也是被它吸引，千方百计弄到了手。可是前不久，我看着这双鞋，突然想起了李代理。我想你可能比我更适合做它的主人。我不好意思说是礼物，你不用多想，收下吧。这两年你忍受我的坏脾气，辛苦了。”

面对意外的重逢，我和我的丽兹只是互相对视。我知道，我终于回到了该回的地方，再也不用去别处了。

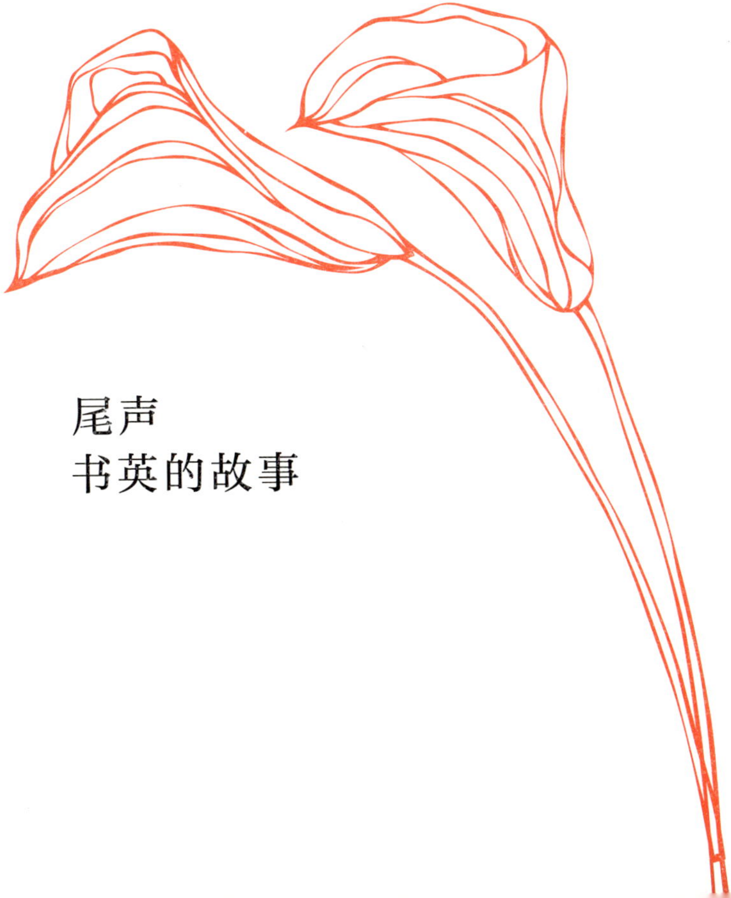

尾声
书英的故事

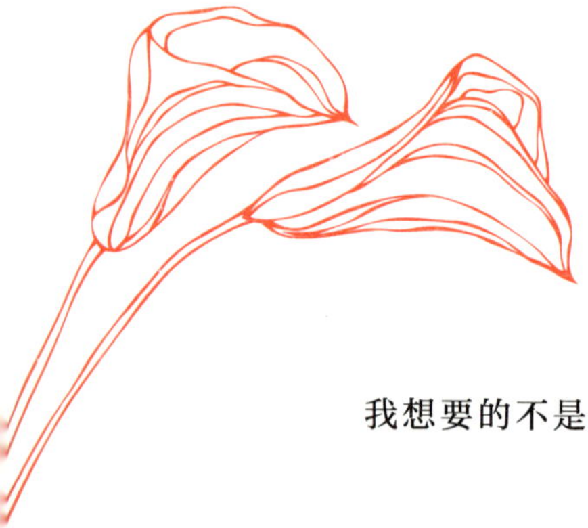

我想要的不是像任何人，

而是像我自己，

只是比现在更好。

那天女魔头给我皮鞋的时候，我还以为是什么呢。起先我以为只是和我失去的那双相似，对女魔头的眼力和记忆力感叹不已。回家仔细一看，我惊讶得差点儿昏厥。鞋垫上变了色的心形图案，正是很久以前我不小心弄出来的。啊，因为房租而卖掉，让我后悔不已的皮鞋！

好久没穿的皮鞋裹住我的脚，远比记忆中舒服。我很开心，感觉自己变得智慧而美丽。也许是经过适度的岁月磨砺，再加上体温的作用，皮革变长了，也许是皮鞋像我这样成熟起来。也许是像女魔头说的那样，具有诱惑力的皮鞋历险归来，向我传达智慧。

人需要幸运，哪怕是微不足道的幸运也好。不是为了赚钱或成功，而是我们需要证明在伟大的宇宙运行当中，不是只有自己被世界忽略；我们需要安心，确信与生俱来的幸运伴随着自己，至少要让自己凭借意志变得幸福。从这个意义上说，被我强行送走的皮鞋完全凭借幸运的力量回到我的手里，这真是令人振奋的事情。我再也不会像从前那样无缘无故地恐惧，再也不会把皮鞋藏起来了。只要脊椎和关节允许，我就要尽情地穿。

女魔头，不，宋友娜组长，问我是否愿意到她新换的公司工作。她觉得我们公司设计的教育程序和我的价值观不符，我工作起来似乎很吃力。她们公司开发出了帮助学生自学的应用软件，很多地方和我主张的方向一致。回想起来，我叫她女魔头并且诅咒她的时候，也许是在诅咒自己，不该明明知道不对，却又强行去做。

我要先问问自己，有没有信心在女魔头，不，在宋友娜组长手下工作，然后再做决定。

宋组长让我加入37论坛，刺痛了我的心。她说那是同龄女人诉说心事的地方，可以得到安慰。自从卖完皮鞋，我再也没有去过那儿，不过为了避免在网上和上司相遇，即便是偶然，我还是登录进去，准备注销。奇怪的是，怎么搜也搜不到那个论坛了。也许是创建者删除了论坛，也许是受什么违法事件连累而遭屏蔽。唯一可以确定的是，论坛消失得很突然，甚至稀里糊涂做过管理员的宋组长也不知道是怎么回事。

早知道这样，我不会卖完皮鞋就再也不去，我应该读读那里上传的帖子。那样我就能读懂过着相似或不同生活的女人们的心事，说不定可以更早成熟。

曾几何时，我觉得自己绝对不能像宋组长那样生活。那天和宋组长喝酒聊天，听她说话的时候，这种想法发生了变化。不过，我也不是想要过她那样的生活。现在我终于明白了，她的人生没有什么不好，我的人生才最适合我。如果我为现在的生活后悔，那么不管以前做出怎样的选择，最终的结局都是后悔。

我想要的不是像任何人，而是像我自己，只是比现在更好。从现在开始，我该做的不是继续对自己失望，厌恶自己，完全颠覆自己的人生。其实我拥有的也不少，我要试图这样想，渐渐地喜欢自己，爱上自己。

今天，我第一次穿着皮鞋上班，感觉像是抱着离家出走归来的女儿。如果皮鞋听见我这么说，可能会觉得委屈。更准确地说，应该是以“三百石贡米”的价格卖掉的沈清[1]回来了。

世界高出许多，和以前截然不同了。在满员地铁里被男人们的背包撞头的次数减少了，也品尝到了和大多数人在相似高度呼吸的清爽感。拥挤的时候，会有混账男人趁机摸女人的屁股。这时候，皮鞋的尖跟儿还可以用来踩他们的脚背。

男同事发现我突然变得和他差不多高，大吃一惊，打趣说我穿的是女明星走红毯的皮鞋，还逗我说“从皮鞋上面下来吧”。那又怎么样呢？我也想在人生的舞台上铺红地毯，像女明星一样站在上面。

后来连部长也特意过来看我的皮鞋和衣服，还附带着点评几句。

现在，我索性用耳机堵住耳朵。

“李代理今天真好看，像个女演员。是谁来着……对，伊丽莎白·泰勒！像伊丽莎白·泰勒！”

---

① 沈清：韩国历史上的著名孝女。——译者注